*La vallée d'émeraude*

*Antonin Malroux*

# *La vallée d'émeraude*

ROMAN

*Albin Michel*

22, rue Huyghens, 75014 Paris
www.albin-michel.fr
ISBN 2-226-13845-5

# 1

Aux Bastides hautes, à quelques lieues d'Aurillac, cette année 1963 était venue avec la neige. Pris dans la solitude et les grandes rigueurs de l'hiver, le village s'était tu, cerné par le blanc. Le blanc à l'infini.

La nuit, sous la pleine lune de février, les vastes étendues phosphorescentes s'irisaient de nacre bleue.

La vie s'était retranchée derrière l'épaisseur des murs, sous les toits de lauzes. Les hommes autour de l'âtre, les bêtes flanc contre flanc au profond de l'étable où fumait leur haleine.

Ces nuits sans fin, ces jours réduits à quelques heures de clarté, ces brouillards à gommer tout paysage, à en inventer des légendes, tous ici les connaissaient de mémoire d'ancêtre. Comme leur était familière cette lumière vive qui décidait soudain de saillir d'un ciel trop clair, et transformait champs et buissons en arcs-en-ciel de glace et de givre.

Sous la carapace de froidure, au secret, la vie attendait. Et cette attente du renouveau, cette mise en sommeil de la sève, faisaient partie de la grande patience de la terre.

Pierre s'obligea à ralentir le pas. Mains dans les poches, emmitouflé dans son écharpe, il n'aurait su dire depuis combien de temps il arpentait les environs du village, par les sentes et les chemins durcis de gel, mais le grand froid de février ne l'avait pas calmé, les mots du médecin continuaient de tourner dans sa tête : « Il vous faut du grand air, mon ami. Vos poumons en ont besoin. Ne prenez pas cette maladie à la légère... Vous avez la chance de pouvoir vivre en pleine nature, ce sera pour vous le meilleur des remèdes. » Le meilleur des remèdes ! Comme si on pouvait soigner le corps quand l'esprit piaffe de colère ! L'ouvrage était si rare aux Bastides hautes, et il lui fallait lâcher son métier sur ordre du médecin, en sachant qu'il ne le retrouverait plus !

Jusqu'à ce jour, Pierre avait tout misé sur son activité de menuisier-charpentier : la sécurité de sa grand-mère, la sienne... et quelques autres projets aussi, qui tournaient autour du prénom d'Anselmine et lui tenaient terriblement à cœur... Sans travail, comment envisager la vie, alors même qu'il paraissait toucher au but, que le bois et lui pouvaient enfin signer de la belle ouvrage !

D'un coup de pied il envoya voler une branche morte, et elle retomba toute droite, fichée dans la neige. Il refusait de connaître le même sort que ses parents. Quel âge avait-il quand ils étaient partis vers la ville à la recherche de travail ? Quelques mois, un an peut-être ? Ses grands-parents avaient beau répéter qu'il les reverrait bientôt, qu'ils ne tarderaient pas à revenir le chercher, qu'il leur fallait seulement gagner un peu d'argent, son chagrin d'enfant avait compris : il était en train de perdre son père et sa mère... Les années qui avaient succédé aux années lui avaient donné raison. Il ne s'était plus tourné vers la ville que de temps à autre, pour une pensée vite rejetée. Jusqu'au jour où lui-même avait été assez grand pour refuser de quitter ce village devenu le sien et ses grands-parents devenus ses parents.

Pierre frissonna. Il évoquait rarement ce genre de souvenirs, mais l'inquiétude qui l'agitait ces derniers jours semblait vouloir rapprocher le passé et le présent. Il chercha dans sa mémoire le visage de sa mère, morte dans l'incendie du restaurant qui employait ses parents. Son père s'en était sorti, mais pas elle. Les pompiers n'avaient pu la dégager.

Le jeune homme s'arrêta au bord d'un fossé comblé de neige. Des pattes y avaient creusé des petits triangles, une piste de vie qui avait dû mener à quelque espoir de nourriture. « Des corneilles », songea-t-il. Certes son père était revenu le voir, de loin en loin, mais comme on visite un étranger, en toute indifférence. De part et d'autre, d'ailleurs. Et puis la nouvelle de son remariage l'avait bouleversé et avait rouvert la vieille blessure. Comme si on lui ravissait sa mère une seconde fois. Cette nuit-là, l'enfant qu'il était n'avait pas trouvé le sommeil. Les yeux grands ouverts sur l'obscurité de sa chambre, il avait décidé de gommer son père de sa vie. Que lui importait ce géniteur qui s'était si peu soucié de lui... ? Désormais, ses grands-parents deviendraient sa seule famille.

Il appuya ses mains gantées de laine contre un tronc crevassé. Une grappe de neige glissa d'une branche de sapin et atterrit sur ses lèvres, et il se surprit à rire, et son rire éveilla le souvenir de son grand-père. Ils étaient si souvent venus ensemble en cet endroit, enfoncés dans la neige jusqu'aux chevilles et jouant à chercher des pistes d'animaux. Dela tendresse du vieil homme il avait tout appris, tout ce qui construit une enfance. Quatre années s'étaient écoulées depuis qu'on l'avait mis en terre. Depuis que sa grand-mère s'était retrouvée seule. Quatre années déjà.

Au loin, le hameau des Échappes brillait sous le soleil, comme toujours. Au point que les envieux chuchotaient que ce beau temps perpétuel était le résultat d'un pacte conclu avec le diable.

Pierre reprit sa marche, le nez levé vers le clocher

lointain... Anselmine habitait les Échappes, et lui ne voyait que ce soleil-là.

Anselmine était la fille d'Adrien Bruyeras, le vacher de Cornélius Dabourial, qui possédait l'une des plus grosses exploitations de la région. Les deux jeunes gens se connaissaient depuis l'enfance. Le jour de leur première communion, dans le silence recueilli de l'église des Bastides, quelqu'un avait dit bien haut : Mon Dieu qu'ils sont beaux ces deux-là, ils vont si bien ensemble ! Et tous deux s'étaient souri. Elle en robe blanche, lui dans son costume à brassard de soie.

Plus tard, Anselmine Bruyeras et Pierre Cassagnoux avaient brillamment obtenu leur certificat d'études, toujours ensemble, fiers l'un et l'autre de rapporter chez eux le précieux diplôme. Après quoi la jeune fille avait réussi un CAP de couture et était entrée chez Mme Bessade, la couturière du village.

Les robes qu'elle portait – et qu'elle réalisait – se distinguaient des autres et Pierre les reconnaissait avec émotion.

Perdu dans ses pensées, il ne vit pas le chemin creux, et soudain des congères le piégèrent. Il se retrouva enfoui dans la neige jusqu'à mi-cuisses, bloqué là et songeant que si par bonheur Anselmine s'était trouvée près de lui, prisonnière elle aussi, il aurait su en profiter pour lui parler, lui avouer... Mais rien n'était perdu, ce soir il y avait bal aux Bastides, et elle viendrait, elle le lui avait promis. Et il pourrait enfin la prendre dans ses bras pour danser, et enfin la serrer contre lui, et même si on ne les lâchait pas des yeux, même si... Ce soir il le lui dirait. Il aurait le courage de l'amour.

Dans la nuit froide, trois lampadaires délimitaient chichement la place du village. De temps à autre, derrière les fenêtres éclairées, une silhouette posait une tache sombre avant de s'éloigner.

Dans le café de Justine, on préparait la soirée avec entrain. Les manches retroussées, les hommes aidaient à repousser tables et chaises aussi loin que possible. La petite estrade, toujours la même, attendait l'installation des musiciens. A l'extérieur, les affichettes annonçaient :

LE TRIO MUSETTE – GASTON A L'ACCORDÉON,
GARRÉLOU À LA CABRETTE, AU VIOLON OU AU SAXO,
ET RIRI A LA BATTERIE.
DE QUOI ASSURER L'AMBIANCE !

Justine, dans sa belle quarantaine épanouie, aimait ces soirées de franche gaieté qui se déroulaient selon une sorte de cérémonial auquel elle veillait de près.

D'abord, arrivaient les hommes, sans se presser. En bavardant, ils prenaient quelques verres. Suivaient les couples, et peu à peu la salle se remplissait de bruit et de fumée.

Les plus âgés parlaient fort, ils s'en iraient les premiers, après avoir « tourné » une bourrée, histoire de rajeunir les souvenirs. Puis les jeunes se mettraient à danser. Et comme de coutume, tard dans la nuit, il y aurait ceux qui avaient trop cajolé la bouteille et qu'il faudrait raccompagner ; ceux qui s'écrouleraient ivres-morts dans la remise de derrière où Justine avait pris soin de renouveler la paille ; et ceux que Marius, le mari de Justine, devrait rappeler au calme en exhibant ses épaules et ses énormes biceps... Il faut dire qu'il impressionnait son monde, Marius. Avec lui, Justine était tranquille, la nuit demeurerait une fête jusqu'au bout.

Déjà, la musique se mêlait à la langue d'oc. Ici, le français n'était pas de mise, et certaines expressions du terroir auraient fait la joie du célèbre félibre Arsène Vermenouze ou encore de Mistral, dont on s'attendait à voir entrer la blonde Mireio.

Les jeunes des hameaux alentour se pressaient maintenant dans la salle.

Pierre, tout en conversant distraitement, avait repéré Anselmine, assise près de Marie-Louise, la fille Dabourial. Leurs regards se croisèrent. La jeune fille lui sourit et la gorge de Pierre se serra.

Le Trio Musette attaqua un paso doble. Les anciens se levèrent aussitôt. Faute de cavaliers, certaines femmes firent couple, et l'on entra dans la danse.

Justine, très sollicitée, changea plusieurs fois de partenaire. Une valse succéda au paso... Enfin on annonça une bourrée, le moment tant attendu.

Cornélius Dabourial, le riche fermier, Adrien Bruyeras, le père d'Anselmine, et Martinien Deforte, le domestique des Échappes, se mirent en place, rejoints par Marius.

Garrélou, harnaché de sa cabrette, entamait un regret mélancolique dont il avait le secret. Les regards se brouillèrent, comme si toutes les jeunesses oubliées resurgissaient ensemble pour étreindre les cœurs.

Sur l'estrade, les talons frappèrent deux fois à l'unisson, puis deux fois encore, et soudain la bourrée s'élança.

On se resserra autour des danseurs pour apprécier le spectacle.

A la deuxième figure, les femmes rejoignirent les hommes, et Adrien Bruyeras choisit sa fille pour cavalière. On applaudit. Dabourial invita la grosse Mado qui n'attendait que ça... Deforte se saisit de Justine, tandis que Marius s'emparait de la main de Marie-Louise. Les deux groupes de quatre danseurs se plaçaient.

Sur le visage d'Adrien Bruyeras on lisait combien il était fier de tourner avec sa fille. La cabrette pleurait, l'accordéon vibrait, et Riri le batteur, grelots à la cheville, maintenait une chaude cadence.

Bras levés jouant les balanciers, les hommes menaient face aux dames. Ils se croisaient, tournaient et s'entrecroisaient en une chorégraphie parfaite.

Dans le public, jeunes et vieux accompagnaient la danse en frappant des talons.

Anselmine souriait à son père. Pierre la couvait des yeux. Elle semblait ne pas toucher terre, elle volait, son Anselmine, tourbillonnait...

La salle applaudissait comme un tonnerre. La fougue des danseurs éloignait tout à coup de leurs vies les vieilles douleurs, la meurtrissure des ans, la grisaille des hivers. On frappait du pied et c'était comme si la joie montait du sol. La joie et la jeunesse.

La bourrée prit fin et la salle applaudit longuement. Les danseurs rejoignirent leurs tables en s'essuyant le front. Sur la piste, les jeunes les remplaçaient déjà.

Pierre saisit au vol la main d'Anselmine et l'attira sur le parquet. Il lui chuchota :

– Vous vous faites remarquer, ton père et toi...

– J'aime bien danser avec lui. Et puis je sais qu'il ne reste pas longtemps. Dans une demi-heure il rentrera.

Sur les premières mesures du slow, il osa la serrer contre lui.

– Je... je voudrais te dire quelque chose, souffla-t-il à son oreille.

Elle leva le regard vers lui.

– Oui ?

Elle attendait, confiante. Seul son sourire tremblait un peu. Mais le slow se prolongeait et Pierre restait empêtré dans son silence.

– Oui ? répéta-t-elle.

Soudain, la lumière diminua jusqu'à la pénombre. « Maintenant ! » se dit Pierre. Quand ses lèvres rencontrèrent celles de la jeune fille, il comprit qu'elle les lui offrait, et la certitude de posséder le soleil et le monde éclata dans sa poitrine.

– C'est... c'est ce que je voulais te dire, balbutia-t-il.

– J'attends depuis si longtemps, répondit-elle.

Pierre manqua plusieurs pas, tant le bonheur lui donnait le vertige.

Ils se dirigeaient vers une table quand Adrien Bruyeras adressa à sa fille un petit signe qui voulait dire : je rentre mais ne tarde pas trop.

Plus loin, on entendait Dabourial et quelques autres parler de leur ferme, de leurs bêtes.

La fumée, la chaleur et le bruit noyaient les paroles et les rires. Pourtant, tout le monde entendit distinctement la voix chargée d'alcool qui apostropha Anselmine :

– Dis, Anselmine, tu vas pas sortir avec ce type, il est malade. Viens plutôt avec moi, ma belle...

Félix vacillait entre deux chaises, tourné vers le couple. Marius le saisit aussitôt aux épaules et le poussa dehors.

– Rentre chez toi, Félix, tu as ton compte.

– Il va mourir de froid, intervint Anselmine, il faut le ramener chez lui.

– Je m'en occupe, dit Marius. Il va cuver sa cuite dans la remise.

Pierre serra un peu plus la main de sa compagne. Ils n'avaient pas quitté leur table.

– Ce qu'il vient de dire... Ça ne te fait pas peur ?

– Oh, tout le monde connaît le Félix, tu sais. Et puis ce n'est pas parce que tu ne peux plus travailler le bois...

– Juste pour quelque temps, Anselmine. Et je ne suis pas contagieux, tu sais. Le médecin a dit...

Elle posa la main sur ses lèvres, et il reconnut tous les parfums de sa terre : le chèvrefeuille endormi par l'hiver, les bûches qui chauffent dans l'âtre, la paille au soleil... Une émotion inconnue lui fit retenir cette main, et il déposa un baiser léger, maladroit, au bout de ses doigts.

– Pierre... Pourquoi as-tu attendu si longtemps pour te rapprocher de moi ? dit-elle.

Elle chercha son regard, mais il se déroba.

– Ton père... Il m'impressionne. Et toi aussi. Si tu avais refusé, je serais mort de chagrin. Ça fait hésiter, tu sais.

Elle lui sourit, et l'attira vers les danseurs.

– Viens... tu ne me quitteras plus.

Ils dansèrent jusqu'aux premières heures du lendemain. Une fête pour eux seuls. Pour leur secret qui déjà n'en était plus un.

Le ciel couvrait les gelées d'une chape bleue. Ils regardaient au loin, là où l'horizon préparait l'avènement du soleil.

Elle se blottit contre lui. Il la serrait à s'en couper le souffle, et leur pas s'en trouva ralenti. Ils n'étaient pas pressés de parvenir aux Échappes. De séparer leurs mains, la chaleur de leurs corps.

Ils aimaient ce silence qui les mêlait l'un à l'autre.

C'est Pierre qui le rompit :

– Le Sylvestre... Quand revient-il celui-là ? Il te regarde d'un peu trop près.

– Sa sœur m'a dit qu'il finissait son service militaire en juillet ou en août. Ne sois pas jaloux, mon Pierre, il ne me plaît pas. Et puis c'est le fils Dabourial, qu'en aurait-il à faire de la fille d'un vacher qui ne possède pas un are de terre ?

Pierre ne répondit rien. Inutile de lui expliquer que certains élans sont étrangers à la raison. Il décida de n'y plus penser, de goûter l'instant. Et il serra un peu plus fort la taille de la jeune fille.

Ils s'étaient trouvés. Et cela, il le savait sans l'aide de la raison.

## 2

Assis devant la cheminée, près de sa grand-mère, Pierre parcourait à haute voix les titres du journal *La Montagne* du 16 février 1963 :

– « Violente tempête de neige dans la région de Besse et dans le massif cantalien. »

– Tu vois qu'on n'est pas si mal ici, sourit sa grand-mère, on gagne encore quelques jours.

La vieille dame rajusta ses lunettes et, avec soin, reprit son ouvrage d'aiguille.

– « Le nouvel attentat manqué contre de Gaulle ! Alors que le procès des conjurés du Petit-Clamart est en cours, un autre complot, dirigé contre le général de Gaulle, a été découvert à Paris... »

– Tu te rends compte, c'est bien la ville, ça !

– Oui, Mamanie. Je préfère encore les petites annonces.

Il se plongea dans la lecture des encadrés, un long moment, puis déposa le journal sur la table, avec un soupir.

– Encore rien aujourd'hui.

Sa grand-mère l'observait du coin de l'œil.

– Peut-être que si j'avais travaillé dans les fermes, je n'aurais pas été malade. Ça me plaisait bien, tu sais. Quand j'étais gosse, j'étais toujours fourré avec les bêtes chez l'un ou chez l'autre. C'est quand les parents ont parlé d'un vrai métier...

– Et ils ont eu raison, petit. Ne t'inquiète donc pas. Laisse faire le temps. Un jour, tout rentrera dans l'ordre.

– Rester comme ça à mon âge, sans rien faire... Et puis... il faut que je te dise quelque chose.

La vieille dame continua de coudre à points serrés, attentifs, comme si elle n'avait pas perçu la pointe de gravité dans la voix.

– Voilà... Avec Anselmine, enfin, je crois que tous les deux...

Elle posa l'ouvrage sur ses genoux et regarda son garçon en souriant.

– Depuis le temps que je le sais !

– Et tu ne me disais rien ?

Elle haussa doucement les épaules.

– C'est une belle petite, et travailleuse, avec des parents très bien. Tu as fait un bon choix. Ton grand-père serait très content. C'est du sérieux au moins ?

– J'y pense depuis tellement longtemps, Mamanie. Il n'y aura qu'Anselmine dans ma vie. Seulement...

J'avais du travail, un bon métier, maintenant tout est fichu.

– Ne dis pas ça. Si elle a du sentiment pour toi, tout ira bien. Avec ton grand-père, on s'est connus très jeunes, et on s'est attendus. Personne n'avait tout ce que vous avez aujourd'hui, vois-tu, et pourtant, seule la mort nous a séparés. Amène-moi donc cette petite Anselmine. J'ai beau la connaître, je la regarderai bien autrement, à cette heure.

Pierre le lui promit. Il remit une bûche dans la cheminée, et une gerbe d'étincelles fit chanter le feu. Depuis qu'il avait tenu les lèvres d'Anselmine contre les siennes, de nouvelles questions germaient en lui. Il essayait d'imaginer ses grands-parents en jeune couple, et aussi ses parents.

– Grand-mère, comment était maman ?

– Très belle. Vraiment. Tous les garçons la courtisaient. Ta mère, c'était notre rayon de soleil.

La veille femme avait repris son ouvrage. Pour améliorer sa maigre retraite, elle assurait des travaux de lavage, de repassage et de couture pour plusieurs maisons. Aujourd'hui, elle reprisait, et ses yeux, derrière ses petites lunettes à monture d'argent, rougissaient dans la clarté de fin du jour. Ses mains abîmées, ses doigts à la peau craquelée l'obligeaient à tirer l'aiguille avec précaution.

Cette grande pièce du rez-de-chaussée, où il passait près d'elle les soirées d'automne et les heures d'hiver, où ses jeunes yeux lisaient les nouvelles du monde, cependant que les mains fatiguées continuaient d'œuvrer, cette pièce respirait un bien-être qui le ressourçait. Dans un coin, près de l'armoire, le lit de la grand-mère surmonté d'un énorme édredon en satin grenat. Au centre, la traditionnelle table avec ses deux bancs. De part et d'autre de la porte d'entrée, une paire de fenêtres. A l'étage, deux chambres dont la sienne. Insérée entre deux bâtisses presque identiques, en bordure de la place du village, la maison constituait la totalité du bien des époux Lesentier. Et aujourd'hui de la veuve. Une maison qu'il aimait.

Il posa son journal et se dirigea vers la fenêtre.

– Tiens, dit-il, voilà Dabourial. C'est rare de le voir par ici.

– Dabourial ? Chez nous ?

Sans répondre, Pierre marcha vers la porte et l'ouvrit.

Une haute silhouette se détacha sur le seuil, en même temps qu'une bouffée d'air glacé s'engouffrait dans la pièce.

– Bonsoir, monsieur Dabourial. Entrez.

– Bonsoir, Pierre. Je peux te voir un moment ?

– Je vous en prie, dit-il en s'empressant de refermer la porte.

– Bonsoir, madame Lesentier. Comment va la santé ?

Après les banalités d'usage, Cornélius Dabourial accepta un café, puis en vint au but de sa visite.

– L'Henri, que vous connaissez, ne se remet pas bien de sa fracture de la jambe. Je ne pourrai plus compter sur lui, c'est sûr. Et comme je sais que tu ne peux pas travailler dans le bois, j'ai pensé que tu pourrais peut-être nous dépanner, Pierre.

Le jeune homme ne répondait pas. Dabourial hocha la tête.

– Tu pourras réfléchir, bien sûr, mais pas trop quand même.

Puis, se tournant vers Mme Lesentier :

– J'espère que vous ne vous sentirez pas seule. Si vous aviez besoin de quelque chose pendant son absence, vous pourriez toujours compter sur nous.

– Attendez, dit Pierre. Henri est votre domestique, votre pâtre, et il vous accompagne aux estives, n'est-ce pas ?

– Bien entendu, il fait partie de l'équipe qui monte, mais à ton âge, ça ne devrait pas te faire peur. Si je me souviens bien, tu ne craignais pas les bêtes autrefois, tu venais souvent chez nous et tu nous as même aidés à faner.

– Vous voulez que je prenne sa place à la montagne ?

– Oui, c'est bien ce que je te propose. Tu es un garçon sérieux, et il me faut absolument quelqu'un. Tu feras équipe avec Adrien Bruyeras et Martinien. J'espère que tu ne bois pas, parce qu'avec celui-là, ça suffit bien. Si mon Sylvestre était rentré six mois plus tôt de l'armée, je ne t'aurais pas demandé, mais voilà, il en a jusqu'à début juillet.

– Et... il dure combien de temps ce déplacement ?

– De début mai à début octobre, à quelques jours près. Comme tous les ans.

Pierre se passa la main dans les cheveux.

– Je ne m'attendais pas à cette offre, je dois l'avouer. Donnez-moi un jour ou deux. Merci d'avoir pensé à moi, monsieur Dabourial.

Sa grand-mère servit la traditionnelle goutte et ils parlèrent d'autre chose. Puis le propriétaire prit congé.

Derrière la vitre, Pierre le regarda s'éloigner.

La vieille dame attendait sa réaction. Voyant qu'il restait silencieux, elle risqua :

– C'est peut-être une chance pour toi, sais-tu. Te voilà avec un emploi jusqu'à la fin octobre et même pour une année. D'ici-là, tu seras complètement rétabli, mon garçon. L'air de la montagne, on ne connaît pas plus sain.

Pierre pensait à Anselmine. Cinq longs mois sans la voir, comment le pourrait-il ! De plus, travailler là-haut avec son père... Non, décidément, il s'en sentait incapable !

Sa grand-mère reprit son ouvrage. Elle avait allumé la lampe, et son visage prenait une teinte ocrée.

– Ton grand-père, dit-elle d'une voix rassurante, ton grand-père pendant sa jeunesse est parti lui aussi en estive, sept années de suite si je me souviens bien. Et il m'en a parlé tout le reste de sa vie...

– Je sais, Mamanie. Il m'a raconté plein d'histoires. Il avait été heureux là-haut.

*Là-haut*, disait-il, l'herbe ne manquait pas et le fromage produit était une merveille très prisée des connaisseurs. En « montant », les fermiers économisaient l'herbe des prairies d'en bas, et le foin ainsi engrangé servait à nourrir les bêtes durant tout l'hiver.

Contrairement aux paysans du Livradois-Forez qui se déplaçaient vers les « jasseries » avec leur famille au grand complet, y compris les enfants, dans le Cantal seule une équipe d'hommes partait. Ils s'installaient chaque année dans les burons, ces bâtiments sommaires construits en pierres et recouverts de lauzes, durant la longue période de mai à octobre : l'estive.

Pierre faisait les cent pas le long de la table. Soudain, il n'y tint plus, il fallait qu'il en parle à Anselmine. Il déposa un baiser sur le front de sa grand-mère, saisit son manteau et courut attendre la jeune fille à la sortie de son travail.

Dès qu'il la vit apparaître, il la saisit dans ses bras, et tout en riant lui raconta brièvement la visite de Dabourial.

– Et travailler avec ton père ! Te rends-tu compte ?

Anselmine réussit à le calmer.

– Ce sera long, c'est vrai. Mais ne t'inquiète pas,

je t'attendrai. Et puis, ajouta-t-elle en l'embrassant, mon père n'est pas si terrible, tu apprendras à le connaître. Tu reviendras guéri, j'en suis sûre ! Mon père dit que là-haut l'air est tellement pur...

Il posa ses lèvres dans ses cheveux, chercha le parfum de forêt qu'il aimait.

– Tu as raison, murmura-t-il. Tu as raison.

Le lendemain, à la ferme des Échappes, Pierre fut accueilli par Germaine Dabourial. En attendant le maître de maison, il demanda des nouvelles de Sylvestre.

– Toujours en Algérie, soupira-t-elle. On nous dit que la guerre est finie, mais nos jeunes meurent encore tous les jours, ça ne s'arrêtera donc jamais...

– Encore un peu de patience, madame Dabourial. C'est une question de semaines, maintenant.

– Vous n'étiez pas les meilleurs amis du monde, vous deux ?

Pierre eut un sourire.

– Pas vraiment. Mais c'est du passé.

– Oh, je sais que mon fils n'était pas très gentil avec toi. Mais tu as raison, vous êtes des hommes, maintenant. Et puis la vie est difficile pour tout le monde, ça remet les idées en place. Regarde-nous : nos enfants sont éparpillés. Marie-Antoinette dans le Midi, Sylvestre en Algérie, il nous reste notre Marie-Louise, l'artiste de la famille. Vous êtes presque du même âge, je crois. Si seulement elle savait quoi faire, celle-là ! Enfin, c'est la petite dernière.

– Tout finira par s'arranger, madame Dabourial.

Dabourial ouvrit la porte, et Pierre faillit pousser un soupir de soulagement.

Dès qu'il l'aperçut, le fermier hocha la tête avec un sourire de satisfaction.

– Alors ? demanda-t-il sans préambule.

– C'est d'accord, monsieur Dabourial.

Et avant qu'il puisse ajouter un mot :

– Tu commences demain. Il faut t'habituer aux bêtes, aux travaux et aux hommes. Tu ne regretteras pas de travailler aux Échappes. Tu auras la même paye que l'Henri : trois mille deux cents nouveaux francs pour la saison, c'est le tarif. Et si tu me donnes pleine satisfaction, quelques livres de fromage ou de beurre en supplément. Germaine, donne-nous un coup à boire, il faut fêter notre collaboration !

Pierre savait que Dabourial, comme tout propriétaire de troupeau, n'avait qu'une idée en tête : constituer la meilleure équipe qui soit, et surtout s'allier le meilleur vacher, responsable non seulement du cheptel, mais du chiffre d'affaires de la ferme. Et ce vacher, c'était Adrien Bruyeras, le meilleur de la région. Le domestique était Martinien Deforte – le boutillier –, un vieux garçon qui s'entendait assez bien avec Adrien et Henri le pâtre, célibataire lui aussi et qui ordinairement complétait le groupe. Fort de sa bonne équipe, Cornélius

Dabourial n'avait plus à se rendre comme autrefois à Mauriac ou Aurillac, le 25 mars, lors de la fameuse journée « Nostra Dame » pour pratiquer « la loue » d'un personnel inconnu et souvent peu fiable : le cauchemar des fermiers ! Une fidèle équipe était un réel privilège en ces temps où le dépeuplement des campagnes aggravait la pénurie de main-d'œuvre, qualifiée ou non.

Ce soir, Dabourial était donc heureux. Il tendit la main à Pierre, et tous deux scellèrent leur accord.

Avant de s'en retourner chez lui, Pierre voulut se rendre aux étables. M. Bruyeras et Martinien œuvraient dans leur territoire obscur.

– Bonjour, monsieur Bruyeras.

– Alors, tu t'es décidé ? Tu as sauté le pas ?

Dabourial l'avait donc mis au courant.

– Oui, je commence demain.

Bruyeras s'avança vers lui et lui donna une consistante poignée de main.

– On va t'apprendre ce que c'est que fabriquer du bon fromage, et tout ce qui va avec, petit. On va faire de toi un vrai pâtre des montagnes et l'un des nôtres !

Puis, se tournant vers Martinien :

– Tu te tiendras bien avec ce jeune, tu vois ce que je veux dire...

Martinien s'avança vers Pierre et lui serra la main à son tour.

– Il y a rien de difficile, tu verras, dit-il, ignorant

l'allusion. Moi, j'ai jamais été à l'école et comme tu vois, je tiens ma place. Et puis on t'aidera.

– Maintenant laisse-le, nous avons du travail, interrompit Bruyeras qui déjà s'en retournait vers ses bêtes.

Pierre ne fut pas surpris. Il savait qu'on ne badinait pas avec le vacher. L'homme avait sa réputation.

Il quitta la ferme, courbé sous les rafales de neige soulevée par le vent.

En passant devant la maison des Bruyeras, celle d'Anselmine, il eut l'envie un peu folle de courir vers elle, de lui raconter, de lui faire partager ce mélange d'émotions qui l'habitait. Mais il resta sur le chemin, immobile, à contempler ses fenêtres. Il la sentait à la fois si proche et si inaccessible... que c'en était un tourment.

Il hâta le pas. Sa grand-mère au moins saurait lui expliquer ce qui se passait en lui, ce manque qui grandissait déjà et qu'il allait devoir affronter chaque soir, en passant devant la maison de son aimée.

Le mois de mars apporta ses matins plus clairs, une douceur de l'air qui préparait à la grande éclosion. Les bêtes attendaient maintenant la sortie quotidienne, qui les menait à l'abreuvoir.

Aux Échappes, Pierre s'occupait des veaux. Il découvrait un métier, apprenait chaque jour davantage, et ne rechignait devant aucune tâche, aussi pénible fût-elle. La chose n'avait pas échappé à Bruyeras, mais le vacher n'en laissait rien paraître. Martinien, quant à lui, avait adopté le jeune homme avec simplicité.

Midi et soir, Pierre prenait ses repas chez ses patrons. Une famille où vaquaient les domestiques, et où l'aisance allait de soi. Tout se serait donc déroulé dans le meilleur des mondes, s'il n'y avait eu la fille de la maison. Marie-Louise et lui se connaissaient depuis les bancs de l'école, mais elle redécouvrait sa timidité, et en chatte royale, décida d'en faire sa petite souris. A compter de cet instant, tout ce qui de près ou de loin ressembla chez Pierre à de la gêne, devint pour elle un outil de tourment très excitant.

Quand le garçon s'en était ouvert à sa grand-mère, la vieille dame avait pris le temps d'ôter ses lunettes, pour lui expliquer d'une voix grave :

– Marie-Louise n'est plus ta camarade d'école, mon petit. Aujourd'hui, tu es le domestique de son père. Et elle le sait.

Alors il ravala sa colère, car il ne lui avait pas tout dit. La pudeur l'en avait empêché. Comment raconter à la vieille dame que cette dévergondée était allée jusqu'à entrer en rivalité avec Anselmine, au point de dire en se tortillant :

– Je te plais, non ? Je te plais, je le sais. Regarde ! (Elle avait soulevé ses jupes jusqu'à mi-cuisses.) Tu veux venir avec moi dans la grange ?

– Arrête ! avait sursauté Pierre. Si ton père te voyait !

– Je pourrais dire qu'on l'a fait, tu sais. Et même que tu m'y as obligée... Je l'écrirai dans mon livre et tout le monde me croira, même Anselmine. (Elle s'était rapprochée de lui.) Je suis plus belle qu'elle, regarde...

Pierre s'était enfui sous les rires de la fille, le corps glacé. Comment pourrait-il se défendre devant le père ? Car elle était capable de tout, la garce ! Elle était le bébé choyé de la maison et en abusait. Tout cédait devant elle. Elle avait arrêté ses études, convaincu ses parents de son talent, et écrivait, disait-elle, un livre à grand succès, comme elle barbouillait des toiles devant lesquelles ses amies se pâmaient... La garce ! fulminait Pierre tout en sachant qu'il n'aurait jamais gain de cause.

Heureusement, les heures qui le séparaient d'Anselmine passaient vite, et il se hâtait d'aller la rejoindre après son travail, matin et soir. Tous deux se réfugiaient alors dans leurs baisers, puis dans cette attente si particulière aux amoureux qu'elle leur devient caresse.

C'est en avril, par un dimanche bleu et parfumé, que Pierre prit son amie par la main et la conduisit chez sa grand-mère.

La jeune fille connaissait bien la maison, tout

autant que les chemins qui y menaient. Pourtant aujourd'hui, tout lui semblait différent, chargé d'importance.

Lorsque la porte s'ouvrit, la vieille dame prit Anselmine dans ses bras et l'embrassa.

La table était dressée pour le café, une assiette de biscuits trônait sur la nappe blanche fraîchement repassée.

L'émotion mouilla le regard de la jeune fille. Tout ici l'accueillait, lui faisait fête. L'odeur de cire elle-même avouait la délicatesse des préparatifs et l'attention qu'on lui portait.

Les deux femmes se sourirent, et pour la première fois, posèrent l'une sur l'autre un regard neuf.

En s'asseyant entre ses deux amours, Pierre comprit qu'il était heureux.

Anselmine sut qu'elle était aimée.

Quant à la grand-mère, en posant sur eux ses yeux ternis de fatigue, elle prit son défunt mari à témoin :

« C'est sûr, ils s'aiment, mon bon. Que le sort les protège ! »

Déjà, à la ferme, on se consacrait aux préparatifs de l'estive.

Malgré ses appréhensions de tous ordres, Pierre devait tenir le coup, prouver qu'il était un homme de confiance. Il s'efforçait de se dépasser chaque jour un peu plus. D'autres que lui, bien plus jeunes, il le savait, prenaient autrefois le chemin des montagnes, et sans rechigner. Les états d'âme étaient un luxe qu'on ne pouvait se permettre.

Lorsque pointerait le mois de mai, la caravane se mettrait en route, et tout devrait répondre à l'ordre prévu, au détail près. Pour cinq mois d'absence, rien ne pouvait être négligé.

Le dernier dimanche d'avril, sur la petite place des Bastides, ceux qui sortaient de la messe rejoignirent comme de coutume ceux qui avaient attendu dehors. On en profitait pour converser, échanger des nouvelles, et le curé, l'air innocent, en profitait pour surgir parmi ses ouailles récalcitrantes et les culpabiliser un tantinet, d'un sourire, d'un bon mot.

Main dans la main, Anselmine et Pierre tentaient d'apprivoiser la longue séparation qui pointait son nez.

– Je t'écrirai, dit Pierre. Je sais que je penserai à toi sans arrêt. Mais pour ton père, je ne sais pas comment faire. Il est au courant pour nous ? Il ne t'a rien dit ?

– Tu sais qu'il n'est pas bavard ! Mais ma mère m'a demandé si c'était sérieux avec toi. Elle s'inquiète pour ta santé.

– Quand je serai guéri, je retournerai à mon métier. Ce sera mieux pour demander ta main.

– Alors, mon garçon, ton nouveau travail te plaît ?

Le curé Antillac s'était approché de Pierre et posait la main sur son épaule.

– Ça va, monsieur le Curé. On s'adapte.

– Tu vas bientôt monter à l'estive, je crois.

– Dans quelques jours. Vous viendrez bénir le troupeau ?

– Comme de coutume. Ah, ça me rappelle toujours ma jeunesse. J'avais seize ou dix-sept ans quand je suis monté pour la première fois. Le temps est un peu long, là-haut. Je penserai à toi, et je ne serai pas le seul, on dirait, ajouta-t-il en souriant à Anselmine. Vous montez toujours au Buron des Sources, dans la région d'Allanche ?

– C'est ce qu'on m'a dit.

– Avec le père d'Anselmine comme vacher, tu ne pourras faire que du bon travail. Mais méfie-toi du Martinien : il pourrait bien t'apprendre à faire l'arsouille. Dabourial loue ces terres d'estive des Fouillades depuis plus de dix ans. Elles appartiennent à un propriétaire d'Allanche. Et puis, tu ne le sais peut-être pas, mais cette région du Cantal est chargée d'histoire, dit-il en appuyant le propos d'un hochement de tête. Les Hospitaliers de Saint-Antoine s'y sont installés dans la deuxième partie du Moyen Age. Au moment où les habitants étaient décimés par une terrible maladie, une épidémie qui touchait toute l'Europe.

– Dans la région d'Allanche ? Vous êtes sûr, monsieur le Curé ?

– Et comment, mon petit ! Les Frères Antonins étaient des moines. Ils ont soigné nos paysans qui mouraient par centaines, ils ont soigné leurs animaux... Bref ils ont vécu avec eux et sont morts comme eux...

– Je n'ai jamais entendu parler de ça, dit Pierre. Et toi, Anselmine ?

La jeune fille secoua la tête, tout à son étonnement.

– Moi non plus, je vous assure.

– Là-haut, il reste quelques vestiges, quelques ruines... Si la curiosité t'en dit, cherche-les. Allons, mes enfants, je dois vous quitter. A bientôt, Pierre, et bonne estive !

Ils saluèrent le prêtre, et s'amusèrent à le voir interpeller au passage des paroissiens qui tentaient de s'esquiver.

Anselmine à son tour dut partir, sa famille l'attendait pour déjeuner.

Pierre reprit le chemin de la maison, imaginant moines et paysans en des temps de grande détresse.

A peine eut-il poussé la porte qu'un délicieux fumet le fit revenir sur terre.

– Mmm, ça sent drôlement bon, Mamanie !

Il se dirigea tout droit vers la cuisinière et souleva le couvercle de la cocotte en fonte.

La grand-mère sourit.

– Avant que tu partes, je te gâte un peu, c'est bien

normal. Ce n'est pas à la montagne que tu mangeras un civet de lapin comme celui-là.

Il fit claquer un énorme baiser sur sa joue.

– Merci, Mamanie ! Martinien m'a dit que Bruyeras fait bien la cuisine mais que c'est toujours la même !

La vieille dame se mit à rire.

– Bah, personne ne meurt de faim en montagne, va ! Et le patron vous rendra visite tous les dix ou douze jours. J'en profiterai pour te faire passer quelque chose, ça vous changera l'ordinaire...

– Heureusement que tu es là ! Dis-moi, tu savais qu'il y a eu une grande épidémie vers le milieu du Moyen Age, ici, et que des moines avaient soigné les malades dans les campagnes ? Des moines de Saint-Antoine.

Elle le regarda, puis :

– J'ai bien souvenance de ce qu'on appelait le mal de saint Antoine, un feu intérieur qui consumait les pauvres gens, mais c'est tout. Le Moyen Age, tu sais...

Elle hocha longuement la tête. Pour elle-même. Ce n'était pas tellement le Moyen Age qui préoccupait la grand-mère, mais une idée qui ces derniers jours creusait un nid dans sa pauvre tête. Parce que la vie, elle la connaissait, et elle en avait vu de ces fiançailles brisées par les longues estives. Et plus elle chassait cette sale idée, plus l'idée s'accrochait au nid.

# 3

Enfin la date fut décidée.

Le départ pour l'estive aurait lieu le 15 mai. Et si tout se déroulait comme prévu, le retour s'effectuerait dans les premiers jours d'octobre.

Pierre connaissait maintenant le cheptel par cœur et pouvait nommer chaque bête. Si, pour un citadin, rien ne ressemble plus à une vache qu'une autre vache, l'œil exercé du vacher et de ses commis repère chaque individu, sa personnalité, son mode de communication. Il distingue les sympathiques, qui aiment faire ami-ami, les joueuses qui viennent vous titiller, les hautaines qui vous ignorent, les paresseuses qu'il faut toujours « aider » à bouger, et aussi celles dont on apprend à se méfier. Bref, un vrai peuple de quarante-huit personnages qui n'avait plus de secrets pour le nouveau pâtre qu'il était.

Fin avril, on les libéra de l'étable, et elles se hâtèrent vers l'herbe neuve des prés environnants, tout chauds de soleil. Les premières semaines, on les rentra pour la nuit, puis réaccoutumées peu à peu au grand air, elles profitèrent des nuits à la belle étoile.

La traversée de l'hiver avait été rude, et pouvoir tout à coup se gorger de lumière et d'herbe grasse provoquait chez les animaux une véritable transe, et il n'était pas rare de les voir brusquement détaler et caracoler dans le pré comme de jeunes poulains, saisis d'une frénésie collective qui ravissait Pierre. Cette joie répondait à la sienne, aux parfums du petit matin, à la fraîcheur caressante de l'air... Et s'il n'y avait eu cette inquiétude, cette peur de la perdre, lui aussi aurait bondi comme un faon en criant le nom d'Anselmine...

A la ferme, Dabourial distribuait ses ordres comme un capitaine au long cours à la veille d'une traversée des océans.

Tout restait à vérifier, à inventorier, à rénover. Depuis les cloches entreposées dans le grenier jusqu'au matériel nécessaire à la fabrication du fromage.

Dans toutes les fermes où l'on préparait le grand départ, l'effervescence était la même.

Pierre observait Bruyeras. Il savait qu'un vacher était investi d'un étrange pouvoir, qu'il détenait seul les secrets de la fabrication du fromage, et qu'à ce titre, il représentait l'autorité. Même un fermier n'ennuyait jamais son vacher.

Quel genre de relation lui, le jeune pâtre débutant, pourrait-il nouer avec le vacher Bruyeras, qui de plus était le père d'Anselmine ?

Et cette seule pensée pouvait le tenir éveillé une partie de la nuit.

La veille du départ, à 19 heures, dans un remue-ménage inhabituel, le curé Antillac vint donner la bénédiction à la transhumance. On se pressait dans la salle commune.

Dans la prairie voisine, le troupeau tout entier était rassemblé, ensonnaillé, le cou sanglé d'une courroie ou d'une chaîne portant une échille ou une clochette. Veaux, vaches, doublonnes s'agitaient, et de cette impatience naissait une immense sonnaille qui se répercutait jusqu'aux flancs des montagnes.

Comme le voulait l'usage, Mme Bruyeras était présente, invitée par Mme Dabourial.

Pierre chercha Anselmine des yeux. Elle lui avait dit qu'elle ne viendrait pas, que ce serait trop dur pour elle. Mais il espérait encore... Il aurait tellement aimé l'avoir près de lui en cet instant.

Dans le recueillement général, matériel, hommes et bêtes recevaient la bénédiction :

– Puisse le Seigneur veiller sur vous tous, et aider le pastoureau dans sa première expédition, vers ces terres où vécurent jadis les Hospitaliers de Saint-

Antoine, ces moines qui moururent pour améliorer la condition des hommes. Que leur souvenir vous accompagne, mes enfants ! Bonne estive à tous !

Ils levèrent leurs verres et trinquèrent au succès et au bien-être de tous.

Pierre réussit à s'esquiver et courut rejoindre Anselmine. Il la trouva un peu pâle, les yeux rougis.

Le soir venu, ils étaient toujours ensemble, silencieux, incapables de se séparer.

Trois heures du matin.

Au profond de la nuit. L'air brillait de lune.

M. Dabourial avait prévu deux hommes supplémentaires, ainsi qu'un camion et un chauffeur, destinés au transport du matériel, des six cochons et des huit poules pondeuses. Il fallait assurer les cinq mois de vivres : lard salé, jambon, pommes de terre, tourtes de pain, pâtes et haricots secs, sans oublier le tonneau de vin, le café, le sel et le poivre, le sac de semences de petits pois, les graines de persil et quelques plans de choux et de salades... Le tout bien arrimé et séparé des porcs, près d'une malle contenant des effets personnels. Dans la cabine du camion, le vacher avait également glissé un poste de radio portatif.

Martinien et Pierre rentrèrent les laitières à l'étable pour la dernière traite, avancée ce matin d'une bonne heure. Après quoi, une à une, les vaches rejoignirent leurs compagnes dans le pré.

En silence, les hommes firent circuler le café fumant. Personne n'était vraiment réveillé.

Chaussés de bottes, équipés de pulls et coiffés d'un béret pour Martinien, d'une casquette pour Pierre et d'un chapeau pour Bruyeras, les hommes étaient tendus, soucieux des derniers détails.

Finaud, le chien de berger, allait de l'un à l'autre, la queue battant la mesure, pressé de rejoindre cette montagne qu'il connaissait bien et qui chaque année le saoulait de courses et de surprises.

Vint enfin le grand moment. Au loin, l'horizon s'éclairait.

Huit kilomètres séparaient les Bastides de la gare d'Aurillac.

Martinien avait décoré les cornes d'une vache de rubans de couleurs. Cette bête n'était pas ordinaire, elle connaissait le chemin de l'estive, c'était la reine Blonde, celle qui marcherait en éclaireur, avec le pâtre, celle qui en somme conduirait le troupeau : quarante-huit vaches, quarante-huit veaux, un taureau et dix-huit doublonnes, soit cent quinze bêtes au total.

On retira la claie, le troupeau frémit, comprit et s'étira dans le passage étroit. Équipés de leur seul bâton les hommes guidaient les indisciplinés.

Pierre conduisait la vacherie. Son regard se tourna une dernière fois vers la maison d'Anselmine. La fenêtre de sa chambre était éclairée, il savait qu'elle pensait très fort à lui, il la caressa en pensée, la gorge nouée de larmes, puis se détacha de son chagrin. Il le fallait. Le temps n'était plus au rêve mais à la vigilance.

Ils se mirent en marche.

Les cinq hommes surveillaient les bêtes sur lesquelles planait la brume échappée de leurs naseaux.

Le lent et lourd cortège traversa des villages dont les habitants, paysans comme eux, se pressaient pour les regarder passer. Magnifique spectacle des cent quinze bêtes ensonnaillées qui déplaçaient une immense vapeur et faisaient trembler la terre sous leurs sabots.

Bruyeras, le vacher, marchait à la suite, surveillant les arrières. Son regard portait haut et loin. Le camion suivait jusqu'à la gare, en dernière position. Son conducteur aiderait lui aussi à l'embarquement des bêtes.

Pour la première fois, Pierre se sentit le pâtre, et il découvrit en lui comme une fierté inconnue, dont il n'aurait su trouver la raison.

Blonde le suivait et, comme une longue grappe mouvante, le cortège suivait la Blonde.

Deux heures plus tard, ils atteignaient la gare d'Aurillac, où quatre wagons les attendaient : un pour les veaux, trois pour les vaches, dûment réservés et accompagnés des bordereaux de transport.

Autour d'eux, d'autres troupeaux patientaient, fin prêts pour le départ vers les hauteurs.

En aidant ses bêtes à grimper dans le wagon, Pierre songeait aux récits de son grand-père, à ce temps jadis où la montée vers l'estive s'effectuait entièrement à la force du pied et du sabot, sans l'aide de train providentiel.

Des vaches meuglaient de manière déchirante, qui se croyaient séparées de leurs petits... et les veaux répondaient désespérément. Jusqu'à ce que, peu à peu, tout rentrât dans l'ordre. Les mères rassurées se calmèrent. Et l'on verrouilla les wagons.

Alors seulement les hommes purent souffler. Et rire. Et sortir le panier de casse-croûte préparé à la ferme par la cuisinière des Dabourial.

Ils s'installèrent près du quai, et firent honneur au célèbre pâté maison, aux saucisses sèches et au fromage, au pain moelleux, et à ce petit vin guilleret qui glissait trop facilement et dont Pierre se méfiait.

Dabourial leva son verre :

– Tu t'en es bien tiré, jeune pâtre !

– Je n'ai aucune inquiétude, appuya Bruyeras sans le regarder.

Et sous le compliment, Pierre faillit s'étrangler.

– Allons-y, dit le patron. Le train ne va pas tarder.

Il referma son couteau. D'un seul mouvement, les hommes se levèrent.

Dabourial regagna le camion et se hissa dans la

cabine. Le chauffeur et lui rejoindraient le Buron par la route.

– A la gare vers onze heures, rappela Bruyeras.

Après avoir vérifié une dernière fois les bêtes qui s'impatientaient, frappaient le plancher de leurs sabots, l'équipe s'installa dans un wagon aménagé.

Bruyeras fit un petit geste du menton :

– Regarde-les, dit-il à Pierre. Les veaux ne savent pas, mais les mères, elles, se souviennent, elles cherchent déjà l'air des montagnes.

Pierre hocha la tête. Mais une autre évidence le comblait : le père d'Anselmine lui parlait. Et amicalement. Le père d'Anselmine ne lui avait jamais autant parlé que durant ces dernières heures.

En souriant, le pâtre enfonça sa casquette jusqu'aux yeux.

Ils approchaient du Buron des Sources.

– Encore un kilomètre de mauvais chemins, avait dit Bruyeras.

Et Pierre marchait. Malgré la difficulté du terrain, hommes et bêtes se sentaient proches du but et hâtaient le pas. Environné, attiré par l'herbe neuve des hautes pâtures, le troupeau s'agitait, donnait bien du mal aux hommes.

La vallée d'Allanche s'ouvrait sur le ciel, et de se savoir si près du Buron, Pierre fut étonné. C'était donc ça « la montagne » ? Il avait imaginé des pointes neigeuses lancées vers les nuages, des parois de roche abrupte que seuls les aigles visitaient... Au lieu de cela, partout où touchait le regard, se succédaient des prairies en dômes, en vallons, comme une chaîne de hautes vagues dont l'écume verdoyante se couchait sous le vent... « Magnifique, songea Pierre. Magnifique et impressionnant. » Il ne cherchait plus les précipices et les dangers d'altitude, mais s'emplissait les yeux de cet infini de paix.

Le Buron des Sources apparut soudain, et Pierre dut se faire violence pour ne pas s'immobiliser là et contempler, au milieu des bêtes qui accéléraient l'allure.

Déjà le camion avait été déchargé, les porcs enfermés dans la petite cour devant la soue, et les poules se baladaient dans la partie enclose qu'on appelait pompeusement le jardin.

Avec de grands gestes, Martinien indiqua à Pierre les limites approximatives de la propriété. Puis ensemble ils vérifièrent les clôtures, en particulier celles du parc de traite.

Côte à côte dans l'herbe grasse, vaches et veaux s'étaient tranquillisés, prenant leurs aises.

Le vacher observait son nouveau pâtre. Il lui désigna sommairement les différents bâtiments et leur utilisation. Rien d'une visite guidée. Pierre devait comprendre, et vite.

– Martinien te montrera le reste. Tu ne sauras pas tout le premier jour. C'est normal.

Mais le ton exigeait le contraire. Pourtant, à vue

de nez, songea Pierre, il restait peu de chose à découvrir. Le Buron semblait si petit, si étroit au milieu de ces immensités vertes.

A 15 heures 30, les hommes purent enfin songer à eux. La faim leur creusait l'estomac, et ils louchèrent vers les provisions que le vacher, avec son calme habituel, déballait du panier.

Pierre en profita pour s'emplir les yeux du décor. Il découvrait le Buron avec un mélange d'étonnement et de crainte. L'assemblage de trois bâtiments en pierre couverts de lauzes lui parut aussi solide et aussi rude que la montagne. Seul le cantou pourrait se montrer accueillant, mais pour l'heure, le feu allumé en toute hâte ne parvenait même pas à chasser la tenace odeur de renfermé.

Entre deux bouchées, Martinien lui expliqua que le bois, les bottes de paille et la nourriture pour les veaux avaient été montés quelques jours plus tôt par un paysan d'Allanche, un ami du patron.

Pierre chercha des yeux le coin à dormir, et comprit que les planches de pin qu'il apercevait, surélevées, adroitement assemblées et clouées, serviraient de lit.

Les hommes choisirent leur paillasse, y déposèrent effets et couvertures, et sans sourciller accrochèrent leurs vêtements aux clous qui jouaient les portemanteaux.

Pierre fit de même, tout en se reprochant l'effarement qui le saisissait...

L'urgence de leur tâche les rappela à l'ordre. Tout devait être nettoyé, vérifié, rajusté aussi vite que possible. Dans la fromagerie attenante, on lavait déjà à grande eau. Deux sources jaillissaient derrière le Buron, très proches l'une de l'autre, qui depuis toujours approvisionnaient l'abreuvoir. Les bêtes s'y précipitèrent pour boire, et il fallut les repousser pour se donner le temps d'assainir.

Trois hommes longeaient avec attention les grandes clôtures, pour en vérifier chaque pieu. La tâche prendrait une partie de la journée et la totalité du lendemain. Mais le privilège que représentait une estive clôturée assurait à la fois la protection des troupeaux et la tranquillité des hommes.

Préparer le parc à traite revenait au pâtre et au boutillier. Une surface d'environ trente mètres de côté fut délimitée, dans laquelle on dressa des claies, de manière à constituer le parc à veaux. L'utilisation en était simple : ce double enclos serait déplacé chaque jour après la traite du matin, afin que les déjections animales enrichissent la terre et permettent la fertilisation de la montagne. Cette opération de « fumade », à la fin de l'estive, aura donné environ mille mètres carrés d'excellente pâture.

Pierre apprenait vite. Chaque geste trouvait son sens, sa signification. On ne l'initiait pas seulement à un métier, mais au respect qui l'accompagne. Respect de l'animal, de la nature, du geste pur qu'il faut mener à son accomplissement. Et cette exigence lui plaisait. Rien d'approximatif dans tout cela, mais bien l'apprentissage de la responsabilité la plus rude.

Ici, même la traite était différente.

Pierre rassemblait les veaux dans leur parc, les rapprochait de leurs mères. Le vacher et le boutillier arrivaient, le dos chargé de la « gerle » – un récipient de bois pouvant contenir de cent à cent soixante litres de lait – et la déposaient sur la charrette qui attendait. Pierre appelait alors la première laitière, toujours la même, accompagnée de son veau. On laissait le petit téter goulûment durant une minute, puis on le retirait, on l'attachait à la patte antérieure de sa mère, cependant que M. Bruyeras ou Martinien procédait à la traite, leur selle à traire bien sanglée aux fesses. De temps à autre, dans la corne pendue à leur ceinture, ils puisaient un peu de sel que la vache léchait avec gourmandise.

– Ça l'aide à donner son lait, avait dit le vacher.

Et à Pierre qui s'en étonnait, il avait expliqué dans la foulée qu'on ne doit traire que sur trois mamelles, la quatrième étant réservée au veau, soit le quart de la production de sa mère. Et l'on doit veiller à changer de mamelle tous les jours.

La traite... Le même rituel deux fois par jour, qui occupait de longues heures. Un attelage conduisait ensuite le précieux chargement à la fromagerie, où seul Bruyeras officiait.

Tout d'abord, le maître vacher emprésurait le lait

encore chaud dans les gerles. Le caillage demandait environ une heure, qu'il utilisait pour commencer à préparer le repas du soir. Pendant ce temps, Martinien soignait les pis des vaches, conduisait son monde à l'abreuvoir, et Pierre rentrait les veaux pour la nuit.

Le vacher débutait alors le décaillage. Il plongeait la main dans le caillé, d'un geste précis, pour juger de son avancement, traçait un signe de croix au-dessus de la gerle, puis, à l'aide du frénial, brisait lentement le caillé de haut en bas, dix minutes durant, en guettant la couleur du petit-lait. S'il était blanc, il avait gardé trop de matière grasse. L'idéal était de le voir prendre cette teinte verdâtre très caractéristique.

Le vacher saisissait ensuite « le posse » – une planche –, le glissait le long de la gerle et le faisait pivoter doucement. Les brins de caséine s'agglutinaient au fond du récipient, et le petit-lait qui surnageait était retiré à l'aide du « posset », cette sorte de champignon à l'envers. On le passait ensuite à l'écrémeuse, et Martinien tournait la manivelle pour extraire la crème fraîche qui, barattée, donnait le beurre.

Quant au petit-lait provenant des diverses opérations, on lui ajoutait de la farine d'orge, et le tout devenait un véritable délice pour cochons.

Pierre éclata de rire en les voyant se bousculer et se ruer vers les auges à la seule approche de l'odeur.

Vint l'heure du dernier repas avec le patron et ses aides. Une soupe aux choux avait mijoté sur le feu et les hommes se pressaient autour de la table avec des sièges de fortune.

– Cette année, l'herbe est bonne et abondante, affirma Dabourial.

M. Bruyeras soufflait sur sa soupe.

– On devrait faire une bonne saison. Mais sait-on jamais. Une maladie... Un coup de foudre...

– Dieu nous en préserve, vacher ! Demandons à saint Antoine ses bonnes grâces, n'est-ce pas, jeune pâtre ?

Pierre acquiesça, gêné par l'attention du patron.

– Je remonterai dans quinze jours. S'il y avait de l'anormal, qu'on me téléphone d'en bas.

En bas, c'était Allanche. Et tous repoussaient mentalement le mauvais sort, espérant que l'anormal ne surgirait pas. Pierre se souvenait des récits de son grand-père, les périodes noires jusqu'en 1952, quand la fièvre aphteuse avait disséminé des troupeaux entiers. Aujourd'hui, on craignait toujours la brucellose.

Après le café et les dernières recommandations, le patron et ses aides saluèrent l'équipe. On les accompagna jusqu'au camion, qui reprit le chemin de la ferme.

Cette fois, le Buron ne comptait plus que trois hommes.

Martinien donna une bourrade dans le dos de Pierre :

– Alors, pastoureau, ce vieux Buron t'a pas trop surpris ?

– Bah, je m'y ferai. Et puis on n'a pas le temps de s'ennuyer !

– Vaut mieux ! grogna Martinien. Quand y a pas de femme, vaut mieux.

Pierre fit la sourde oreille.

– Et... pour la toilette, dit-il, vous faites comment ?

Martinien partit d'un rire ravi.

– La toilette ? C'est comme tu peux, pastoureau, comme tu peux ! Crois-moi, ici c'est pas un souci ! Le principal c'est de produire du bon fromage, le plus possible et sans perte de bétail. Alors gâcher du temps à se laver...

Pierre s'esclaffa à son tour. Il voyait très bien le tableau.

Et tous deux s'en allèrent bêcher « le jardin », semer et mettre les plans en terre. La générosité de la montagne ferait le reste.

– Dans quelque temps, assura Martinien, tu seras drôlement content de manger autre chose que de la soupe !

– Ça, dit Pierre, je veux bien le croire !

Il se redressa, tourné vers les vastes étendues d'herbages, et prit une profonde inspiration. C'était comme s'il respirait pour la première fois. Comme si ses poumons, son corps tout entier faisaient connaissance avec l'air originel.

– Ça te plaît, hein ? fit Martinien d'un air complice.

Pierre sourit.

Pourtant, ce qu'il prenait pour un territoire vierge n'était pas l'œuvre de la seule nature. Au cours des siècles, l'homme y avait largement contribué, en abattant les immenses hêtraies qui jadis couvraient la douceur de ces flancs. Les monts du Cantal, vieux de trois millions d'années, lieux de vie des chevaux et des rennes, s'étaient peu à peu transformés en prairies d'altitude où les Gaulois entreprirent labours et fenaisons. Cette terre, appelée aujourd'hui Cézallier, se nommait « Ségalier », terre à seigle.

Après maint et maint défrichages, landes et prairies de montagne avaient totalement remplacé les forêts. Dès le Moyen Age, les hommes firent grimper les troupeaux durant les périodes d'été, et l'habitude s'installa. La tradition de l'estive.

Dès le premier jour, Pierre prit conscience que le travail laisserait peu de loisir aux hommes. Il tenait néanmoins à voir Bruyeras dans ses œuvres.

Il entra dans la laiterie, avec prudence.

– Je peux vous regarder faire ?

– Tu ne me déranges pas, bien au contraire. Tu apprendras toujours quelque chose !

Ce qui frappait avant tout, c'était la maîtrise des gestes.

Bruyeras préparait la presse, la « catseuse », et étalait la toile de chanvre qui allait recevoir la caillée tranchée, pour faciliter l'empilage. Il replia chaque pan, délicatement, posa le couvercle-clayette en place, fixa la chaîne et appuya sur le levier. Le mergue s'écoulait déjà. Pierre vit le vacher appuyer de plus en plus fort, de manière dosée, afin que la matière grasse ne s'échappe pas avec le mergue. Puis il déshabilla ce premier produit, le recoupa en tranches, l'empila de nouveau, lestant cette fois le levier avec un poids de quinze kilos. L'opération devait être renouvelée de sept à neuf fois.

– Retiens bien ceci, pastoureau, dit Bruyeras. Le pire ennemi du fromage, c'est le mergue qu'on n'a pas su chasser. Il devient aigre, c'est le poison du fromage.

Pierre assura qu'il avait compris, promit de revenir, et se hâta vers le troupeau. Il était temps pour lui de le rassembler pour la traite.

Pendue au plafond de la laiterie, la balance romaine reprenait du service. Sur son plateau de bois, Bruyeras empilait les « encalats », les tommes, jusqu'à obtenir quarante-cinq kilos. Le produit de trois cent cinquante à quatre cents litres de lait.

Il installa la fraiseuse, une sorte de moulinette à double roulement, et en actionnant la manivelle d'une main, présentait de l'autre les encalats que la machine réduisait en petits flocons.

Il pouvait maintenant passer au salage.

Cinq cents grammes de sel éparpillé sur la couche de flocons, et Bruyeras malaxait des deux mains, de gauche à droite, puis de droite à gauche. Cinq cents grammes encore, et il pétrissait à nouveau.

Au bout d'un temps assez long, le vacher considéra que la pâte pouvait dormir quelques heures, et il referma la maie avec soin.

Pierre revenait vers la laiterie, la traite achevée, lorsqu'il aperçut un pâtre dans l'estive voisine. L'homme le salua d'un grand geste, et Pierre répondit de même, ravi de ce contact amical.

Il entra dans la laiterie au moment où Bruyeras avait saisi une poignée de flocons, qu'il pressa un moment, avant d'ouvrir la main et d'en scruter le contenu avec attention. Pour finir, il glissa vers Pierre un petit sourire satisfait.

– Tout va bien...

Les flocons ne s'étaient pas agglutinés sous la pression. Ce test ne mentait jamais.

Le reste de l'opération s'échelonne sur quarante-huit heures, raconta Bruyeras. La presse à deux cylindres, le « pésadou », donnera leur forme définitive aux fourmes. On habille les cylindres d'une chemise de chanvre ou de coton, on les emplit de brisures de tommes, que l'on compresse graduellement, en retournant plusieurs fois les moules, et en changeant la chemise jusqu'à ce qu'elle devienne sèche. Le démoulage peut alors intervenir, après quoi on conduit dame fourme en cave, pour affinage. Ne pas omettre de la retourner tous les deux jours, de l'essuyer, et naîtra alors la belle croûte ambrée qui a fait sa gloire.

Et en écoutant cet homme, en contemplant son geste, Pierre songea que le savoir-faire ne suffisait pas à expliquer sa sérénité. Il y fallait ce zeste d'autre chose qui de tout temps a fait la différence. Parce qu'il venait du cœur. Comme lui avec le bois.

Le soir venu, ses deux compagnons rejoignirent leur paillasse, et s'endormirent aussitôt. Mais Pierre, malgré la fatigue qui battait dans ses muscles, vint s'asseoir au seuil du Buron, dans l'obscurité, face au puits de ténèbres des herbages. Jamais il n'avait ressenti avec une telle force cette symbiose qui unit l'homme et la terre, l'homme et le ciel, l'homme et ce silence de la nuit qui, sous les étoiles, faisait de la montagne une terre d'envoûtement. Il ferma les yeux, livré à une émotion nouvelle, exaltante. Que n'aurait-il donné en cet instant pour que son Anselmine, au chaud dans ses bras, pût partager ce souffle qui gonflait sa poitrine ?

Lorsqu'il se glissa sur son étroite paillasse, avec précaution, il avait oublié la promiscuité, les odeurs, la rudesse des lieux.

Il s'endormit avec un sourire d'enfant.

# 4

La sonnerie du réveil se déchaîna. Pierre sursauta et jeta un coup d'œil épouvanté au réveil : 4 heures 30.

Juste le temps de se vêtir, de ranimer le feu, de prendre un café. En silence.

Dehors, la nuit froide n'avait pas encore reculé. Les lampes à pétrole glissaient vers l'extérieur en un ballet de feu follet. Il fallait conduire les veaux dans leur parc. Pierre et Finaud s'en chargeaient.

Vers 5 heures 30, la traite commençait, puis la charrette emportait vers la laiterie les gerles pleines. Lorsque leur contenu avait subi l'emprésurage, le vacher enlevait de la presse la caillée de la veille devenue tomme qui, coupée en morceaux, les encalats, irait rejoindre la caisse afin de mûrir pendant vingt-quatre heures. Et tout recommençait, au rythme de deux cent quatre-vingts litres de lait par traite. La fabrication du cantal mettait en œuvre une véritable machinerie humaine qui ne s'accommodait d'aucune faille.

En ce deuxième jour d'estive, sous un soleil éclatant, chacun trouva ses marques, et son rythme. Pierre cherchait le geste efficace, faisait de son mieux, apprivoisait les distances, les immensités. Peu à peu, les vastes herbages du Buron devinrent son territoire. Son regard s'accoutuma aux multiples lignes d'horizon, fuyantes comme une houle. La démesure ne l'emplissait plus de vertige. Il apprenait à discerner d'autres troupeaux, à l'horizon d'estives lointaines, taches rouges sur fond émeraude.

A mesure que s'installaient les habitudes, les trois hommes trouvèrent le temps de bavarder un moment, d'adoucir la solitude. Martinien était le plus liant, prompt à la discussion et à l'échange. La cigarette constamment collée à la lippe, mal rasé, il dégageait une odeur très particulière qui demanda à Pierre un véritable effort d'adaptation. Cela dit, Pierre trouvait en lui un compagnon sympathique, à l'humeur agréable.

En fin de matinée, poussés par un vent fort, de sombres nuages cachèrent le soleil, puis le ciel tout entier.

– C'est un mauvais orage qui se prépare, dit Martinien avec une moue inquiète. J'espère que tu n'as pas peur du tonnerre, ça cogne dur ici. Pas comme aux Bastides. Où sont les bêtes ?

– Dans le fond, là-bas.

– Regroupe-les vers nous. Mais dépêche-toi, ça va éclater.

Finaud sur les talons, Pierre courut vers les animaux qui s'étaient éloignés.

Un vent fou se leva, un vent de tempête que rien ici ne pouvait ralentir.

Une goutte énorme s'écrasa sur le visage de Pierre, puis une autre, une autre encore...

– Va les chercher, Finaud ! cria-t-il au chien qui s'élança.

La brume masquait déjà une partie du troupeau éparpillé. Pierre donna de la voix pour appeler ses bêtes, mais le vent dispersait les sons. Soudain, il aperçut un veau couché dans l'herbe. Il courut vers lui et, en essayant de le relever, s'aperçut qu'une patte ne le soutenait pas. Pierre s'agenouilla.

– Qu'est-ce qui t'arrive, mon vieux ? Ce n'est pas le moment, on va se tremper ! Fais-moi voir ça.

Il tâta le membre, désorienté, et s'apprêtait à transporter le petit veau jusqu'au Buron, quand tout à coup il devina une présence derrière lui.

– N'aie pas peur, lui dit l'homme d'une voix grave. Je suis pâtre comme toi, je suis ton voisin. Que t'arrive-t-il ?

Le personnage était étrange, barbu, enveloppé dans une ample cape noire, et ses longs cheveux gris dépassaient pêle-mêle d'un chapeau défoncé. L'homme semblait indifférent à la pluie qui maintenant les fouettait avec force.

– C'est le veau, dit Pierre. Il a mal à une patte.

– Sans doute une foulure. Laisse-moi regarder.

Il massa doucement, puis plus fort, et l'animal ne réagit pas.

– Rien de grave. Reviens demain et je te donnerai un onguent. Laisse reposer ta bête au bédélat deux ou trois jours, et il n'y paraîtra plus. Tu remplaces Henri ?

– Oui, il se remet mal de sa fracture.

Pierre se sentait trempé comme une soupe, mais n'osait le planter là pour se mettre à l'abri.

– Vous connaissez tout le monde ?

– Oui, le vacher, Martinien et Cornélius. Mais allez donc vous abriter, toi et ton veau. Mon nom est Alexandre Constantin de la Lande Saint-Viance.

Et devant l'air égaré de Pierre :

– Appelle-moi Alexandre, ça ira.

– Moi, c'est Pierre. Pierre Cassagnoux.

– Alors à demain, Pierre. Je t'apporterai l'onguent.

Il s'éloigna d'un pas vif et sa silhouette se perdit dans la brume, sa cape claquant au vent.

Pierre essayait de courir, le petit veau dans les bras. La pluie redoubla, la brume aveugla tant et si bien l'espace que le garçon ne distinguait plus le Buron.

La première déflagration lui arracha un cri. Le tonnerre se répercuta de colline en colline, cependant que des trombes d'eau s'abattaient sur lcs herbages, noyaient les traces de sabots, les chemins et les fossés.

Pierre avait réussi à atteindre le bédélat, à boucler les jeunes veaux, et à rejoindre les deux hommes qui le guettaient.

Les éclairs se succédaient, ouvraient le ciel, suivis de coups de tonnerre qui rebondissaient et continuaient de gronder de longues minutes... La terre vibrait, semblait craquer de partout.

Bruyeras s'était assis près du cantou, Martinien à ses côtés. Pierre se taisait, tendu, guettant à la fois l'éclair et le coup de tonnerre qui chaque fois paraissait fendre la montagne.

Le jeune pâtre subissait là son premier orage des montagnes, et les deux hommes le savaient.

– Il faut attendre que ça passe, dit tranquillement Bruyeras. Tu as des problèmes avec un veau ?

– Il boîte. J'ai rencontré le pâtre d'en face, il veut m'apporter un onguent pour le soigner.

– Oh, dit Martinien. Ce drôle de bonhomme... On dit des choses sur lui.

– Alexandre quelque chose, reprit Bruyeras. Crois-moi, petit, sous son apparence bizarre, c'est un puits de connaissances.

– Ouais, grogna Martinien. Moi il me fait peur. Avec son allure d'ermite qui sait tout, il nous prend pour des moins que rien.

– Allons, boutillier. Il t'impressionne, c'est tout. (Il se tourna vers Pierre.) On le voit chaque année. Au début, il n'avait pas de barbe, et pas de cheveux longs. Il était presque normal. Mais crois-moi, ce n'est pas un pauvre bougre, loin de là !

On entendait le vent siffler, secouer portes et fenêtres.

– Et les bêtes ? s'inquiéta Pierre.

– Elles ont l'habitude, dit Martinien. Tant que la foudre ne frappe pas... Il y a trois ans, on a perdu deux bêtes. Le patron n'était pas content.

Finaud s'ébroua, se rapprocha du feu, devant lequel les hommes avaient étendu leurs vêtements trempés.

– Et ça peut durer longtemps, ce sale temps ? demanda Pierre.

– Le temps qu'il faut au diable pour se raccommoder avec sa femme, expliqua Martinien sans rire. Tout à l'heure, c'était la grosse fâcherie. Maintenant, on dirait qu'il y a eu un arrangement.

Bruyeras et Pierre échangèrent un sourire.

– Allons, dit le vacher, c'est l'heure de déjeuner. Une bonne soupe au fromage nous fera le plus grand bien. En attendant, peut-être que l'orage ira voir ailleurs.

– Il peut pleuvoir plusieurs jours d'affilée, pesta Martinien. Le pire, pastoureau, c'est de remettre le matin les bragues toutes froides et encore mouillées de la veille ! Sans compter qu'il peut nous tomber quelques flocons de neige sur le nez ! On est loin de la côte d'Azur, ici !

Ils rirent de bon cœur, cependant que des bourrasques de pluie jouaient au bélier fou contre les pierres du Buron.

Ils en étaient au café, quand soudain on ouvrit la porte. Une silhouette se précipita à l'intérieur, dégoulinante de pluie.

– Hé, facteur ! Vous n'avez pas choisi le bon jour, dit Bruyeras. Venez donc vous réchauffer.

– Sacré Bon Dieu de temps ! S'il vous reste du café, je ne dirai pas non !

– On vous a pourtant bien équipés, vous les fonctionnaires ! rigola Martinien.

– N'empêche qu'il vient d'en cogner une carabinée, dit-il en se rapprochant du feu. La foudre n'a pas dû tomber loin.

– Ne parlez pas de malheur !

Le facteur distribua le courrier : deux lettres pour Pierre, une pour M. Bruyeras et deux journaux.

– On te gâte ! lança Bruyeras à Pierre.

Le pâtre ne répondit pas. Maîtrisant son impatience, il enfouit les deux lettres dans sa poche. Mais quelques minutes plus tard, n'y tenant plus, il brava la pluie pour aller s'isoler.

– Il me plaît bien ce nouveau jeune, dit le facteur. On dirait qu'il a la tête sur les épaules.

– Il est sérieux. Et puis c'est un jeune, ça nous change.

– Vous avez de quoi lire, monsieur Bruyeras.

– Des nouvelles de ma femme et de ma fille et un peu de politique avec les journaux.

Pierre avait rejoint le grenier. Il ouvrit d'abord la lettre de sa grand-mère pour se garder le temps de savourer l'autre, celle qu'il avait tant attendue.

Mme Lesentier lui souhaitait bon courage pour ce travail si nouveau pour lui et lui donnait les nouvelles du village. Tout allait pour le mieux.

La lame de son couteau fendit la seconde enveloppe. Il la respira, s'amusant à y chercher le parfum d'Anselmine. Deux pages pliées en quatre avec une photo. Une photo de son aimée, qu'il plaça au creux de sa main, pour la dévorer du regard, l'effleurer du bout des lèvres.

Il lut enfin la lettre, douce écriture qui lui offrait les mots qu'il attendait, des mots simples et magiques à la fois. Pierre était heureux, comblé.

Il passa l'heure de la sieste à rêver, à espérer, à lire et à relire les mots qui le rendaient fort. « Je vais lui répondre, je voudrais réussir à lui dire ce que je ressens en ce moment. Je suis sûr que son père se doute de quelque chose. mais je vais attendre pour lui en parler, disons... dans un mois. »

La pluie avait cessé, mais le ciel restait gris, tout proche de la terre.

Dans la fromagerie, Martinien aidait le vacher à laver les lieux et le matériel à grande eau. Bruyeras exigeait une parfaite hygiène, et il était difficile d'évacuer les odeurs de laitage. Le poste de radio fonctionnait mais personne n'écoutait.

Lorsque Pierre entra, le vacher demanda :

– Alors, Pierre Cassagnoux, les nouvelles sont bonnes ?

Comment devait-il interpréter la question ?

– Oui, oui, monsieur Bruyeras.

Le lendemain, les bottes crottées jusqu'aux genoux dans le terrain détrempé, Pierre attendit son voisin le pâtre, avec une curiosité mêlée d'inquiétude. Il vit d'abord apparaître au loin les pans de la cape, comme deux ailes sombres. Puis le visage souriant d'Alexandre.

– Salut à toi, Pierre, dit-il.

– Bonjour, monsieur Alexandre.

– Appelle-moi Alexandre et n'en parlons plus. Je t'ai préparé le remède miracle. Ton veau m'en dira des nouvelles.

– Je lui passe sur la patte...

– Tu masses au niveau de l'articulation du genou, deux fois par jour. Au troisième jour, il n'y paraîtra plus. Il faut aussi être vétérinaire dans ces sacrées montagnes.

– Je vous remercie..., Alexandre.

Il restait planté là, plein d'hésitation, et l'étrange bonhomme souriait.

– Tu veux me dire quelque chose, pastoureau ?

– Eh bien...

Ce jour-là, Pierre apprit qu'Alexandre était venu

dans ces montagnes pour vivre une riche expérience. Bruyeras avait raison, ce n'était pas un paysan.

– Tu as bien du courage de monter en estive pour la première fois, garçon. Je suis heureux de ta présence, nous pourrons parler de tout ce qui t'intéresse.

– Martinien raconte que vous savez tout sur tout ! Et sur la région !

– Il exagère un peu, le bougre, dit-il en riant dans sa barbe. Mais voilà plus de dix ans que je viens ici, je commence à savoir quelques petites choses.

– Alors..., commença Pierre très excité, alors peut-être que vous avez entendu parler des Hospitaliers de Saint-Antoine...

Le regard du bonhomme se planta dans celui de Pierre, puis devint flou.

– En effet, je me suis intéressé à la chose. Mais pour en parler, il nous faudrait du temps. Des heures.

– Un dimanche soir après la traite, par exemple, lança Pierre. On pourrait prendre un moment et même descendre au village ?

Un sourire lumineux apparut dans ce fatras de poils qui masquait le visage de l'homme.

– Tu me plais, petit, dit Alexandre en posant sa main sur l'épaule du jeune pâtre.

Une main que Pierre avait déjà observée, une vraie main d'homme des fermes, à la peau et aux ongles endurcis, abîmés par le labeur. Une main qu'il aurait plaisir à serrer.

# 5

Une fois par semaine, le boutillier fabriquait le beurre des montagnes, et Pierre participait.

La crème versée dans la baratte, Martinien tournait la manivelle dix minutes dans un sens, puis dix minutes dans l'autre, et cela pouvait durer trois quarts d'heure. Vers la fin de la manœuvre, la motte se formait et le barattage devenait chaotique. Les jours de grande chaleur, il arrivait que le beurre ne veuille pas prendre. Martinien ôtait alors la baratte de son support et la transportait dans le bac-abreuvoir, la « bachasse », où elle rafraîchissait pendant la nuit. Le lendemain, l'opération pouvait reprendre.

Lorsque la motte était bien compacte, le boutillier la débarrassait du mergue qu'il remplaçait plusieurs fois par de l'eau fraîche afin de laver les douze ou treize kilos de beurre couleur noisette. Une véritable gourmandise que l'équipe d'estive savourait en amateur. Le surplus était vendu par Dabourial à un crémier de la région.

Le métier de buronnier, Pierre en connaissait désormais les rudiments. Et même davantage si l'on se fiait à l'attitude de ses compagnons, les chevronnés de l'estive. Le pastoureau avait gagné sa place au sein de l'équipe. Et les faisait rire avec sa façon bien à lui de parler de leur voisin Alexandre.

Ce soir-là, Pierre avait annoncé sa volonté d'en savoir davantage sur ces fameux moines hospitaliers. Alexandre, c'est sûr, allait pouvoir répondre à ses questions.

– C'est peut-être un défroqué, va savoir, dit Martinien en jouant les candides.

– Ou un assassin qui se cache dans une ferme, reprit Bruyeras en mimant l'angoisse. Vous serez peut-être ses prochaines victimes tous les deux...

Mais quand le pâtre annonça qu'il descendait au village pour en discuter, leur gaieté ne connut plus de bornes.

– Tu vas descendre à Allanche de nuit ? s'épouvanta Martinien. Oh, petit, tu pourrais rencontrer le Drac, c'est son territoire par ici. Et ton bonhomme est peut-être de mèche avec lui.

Bruyeras s'esclaffait sans vergogne, et une sorte de colère saisit le garçon.

– Ça suffit comme ça ! Je verrai bien ! Moi j'ai confiance en cet homme, que ça vous plaise ou non !

– Attention quand même de ne pas te faire couillonner, insista Martinien.

Pierre était déjà dehors. Il fulminait. Pourquoi cette méfiance instinctive devant tout ce qui était nouveau, différent de soi et de ce que l'on connaissait ?

Il s'assit à sa place habituelle, humant la nuit fraîche. Anselmine aurait compris, elle. Et cette fois encore, il s'en alla dormir avec elle, son visage niché au creux du sommeil.

A l'estive, chaque jour apportait son enseignement. Pierre avait appris à bien « gouverner » son troupeau dans l'immense pâture, c'est-à-dire à le faire paître presque chaque jour à des endroits différents. L'aïguade n'avait plus de secrets pour lui.

Un matin, alors qu'il revenait de vérifier le troupeau, Adrien Bruyeras lui demanda :

– Le métier a l'air de te convenir. Tu n'aurais pas envie de devenir vacher ? Tu en as les capacités.

– Je n'y ai jamais pensé. J'ai un métier intéressant, vous savez. J'espère bien l'exercer à nouveau un jour. Et puis, monsieur Bruyeras, il faut bien dire que ce métier n'a plus d'avenir pour les jeunes comme moi. C'est vrai que j'aime les bêtes, mais j'aime aussi le bois, le travail du bois.

Bruyeras hocha la tête, pensif.

– Tu t'en tires bien avec les bêtes. Je te disais ça, mais c'est sans doute trop tôt, nous en reparlerons, pastoureau.

Pierre le regarda s'éloigner. Bruyeras n'avait pas tout dit, mais il avait exprimé le principal. Il estimait son pâtre. Et venant d'un tel homme, la proposition n'était pas un mince compliment.

Ce jour-là, Cornélius Dabourial arriva avec une jeep chargée de ravitaillement. D'habitude, il montait tous les dix jours, mais il avait un peu tardé, sachant que les provisions ne manquaient pas encore au Buron.

Et les trois hommes virent avec envie déballer le pain frais, le fromage, la charcuterie de la ferme, une pâtisserie préparée par la cuisinière, et de la salade, fraîche, tendre... ce qui manquait le plus à Pierre.

De plus, Mme Bruyeras et Mme Lesentier avaient envoyé du linge de rechange à leurs hommes, et le jeune pâtre aurait volontiers embrassé sa grand-mère. On lavait bien le linge comme on pouvait, mais la fatigue aidant, on décidait souvent d'oublier.

Et puis la venue du patron créait une animation, apportait des nouvelles du village.

Le vacher, bien sûr, rendait compte de la production dont il était responsable. Dans la cave d'affinage, plus de vingt fourmes s'alignaient déjà dans la clarté de la lampe de poche que dirigeait Dabourial. Il les essuya une fois de plus, comme le faisait le vacher tous les deux jours.

– Elles ont de la tenue, et déjà une belle croûte ! constata-t-il avec satisfaction.

Toute la prévison de gain du fermier s'étalait là, sous cette voûte dont la température se maintenait entre 12° et 13°.

Le sourire du patron, pour le vacher, valait compliment. Bruyeras était content.

– Alors jeune pastoureau, s'enquit Dabourial, ce nouveau métier ? Le vacher n'est pas trop dur avec toi ? Et Martinien ne t'a pas passé son penchant pour la chopine, j'espère ?

Pierre se mit à rire.

– Tout va bien, rassurez-vous. Et je n'aime pas le vin.

Ils ressortirent de la cave, et Dabourial s'arrêta près de lui.

– Je suis sûr que tu connais toutes les bêtes par leur nom, maintenant. A la ferme tu avais bien commencé...

– Vous verrez au moment de la traite, monsieur Dabourial, elles me connaissent bien.

Il se tourna vers les herbages.

– Regarde, là-bas, tu vois la couleur de l'herbe ? Elle est différente, eh bien c'est du serpolet, et aussi des réglisses, c'est très important pour les bêtes, ça donne un goût particulier au fromage, les connaisseurs s'y retrouvent...

– Merci, monsieur Dabourial, j'y prêterai attention dans ma gouverne.

– Bien, bien. J'ai aperçu ta grand-mère il y a deux jours, et quand je lui ai dit que je montais, elle était contente ; elle craint que tu t'ennuies, cette brave femme.

– Dites-lui que tout va bien, je lui ai envoyé un courrier pour la rassurer, mais elle se retrouve seule pour la première fois. Ça doit être dur pour elle.

– Ne t'en fais pas. Tu as eu le courage de monter, et elle en est fière.

Le patron repartit après le déjeuner, sans attendre la traite suivante. Il devait livrer le beurre à Allanche.

– Le crémier viendra prendre livraison du beurre toutes les semaines, avait-il dit à Bruyeras. Vous noterez le poids, vacher. S'il veut un peu de crème fraîche, cédez-lui quelques livres mais pas trop.

Cornélius Dabourial avait confiance en son chef d'équipe.

La visite terminée, tout retrouva son rythme habituel.

Pierre et Alexandre s'étaient entendus pour se rencontrer le samedi soir. Martinien les accompagnerait. Quant à Bruyeras, il avait préféré demeurer au Buron. Le boutillier avait besoin de voir du monde et peut-être de boire un bon coup chez la Marissou, le café où il avait ses préférences.

Après la traite du soir, ce samedi-là, on put donc apercevoir trois hommes sur le chemin de la liberté, rasés de près – sauf Alexandre – en chemise et pantalon propres. Alexandre s'était séparé de ses bottes mais non de cette éternelle cape qui semblait faire partie de lui et ajoutait tellement au mystère du personnage.

Chemin faisant, ils commentaient les travaux habituels, sans amorcer le sujet qui les réunissait ce soir.

A peine entré dans le café, Martinien abandonna ses compères à leurs secrets pour rejoindre des copains d'estive, vieilles connaissances accoudées au comptoir et dont les propos ne laissaient aucun doute : on dissertait sur les femmes !

Pierre dut accepter quelques bourrades de bienvenue au petit nouveau, avant de pouvoir s'esquiver et de rejoindre Alexandre, installé à une table distante des buveurs.

L'éclairage du café sculptait les traits réguliers de l'homme à la cape, et Pierre songea qu'il était plus jeune qu'il n'y paraissait, plus jeune que son fouillis de poils voulait bien le laisser croire.

Alexandre tapota amicalement la main de son compagnon.

– Eh bien, tu me parais intéressé par ce pays d'estive que tu découvres.

– Oui, ces moines m'intriguent. Je ne sais pas pourquoi, quand notre curé m'en a parlé, je me suis promis de comprendre.

– Noble tâche, dit-il en souriant. Tout d'abord, il

faut que tu saches que les moines appelés les Hospitaliers de Saint-Antoine, ou Frères Antonins, ont vécu tout près d'ici. Ne pas les confondre avec les moines de l'ordre de Saint-Benoît, qui eux ont construit un prieuré vers 1070 et dont les règles étaient : Prier et travailler ! C'est autour de ce prieuré qu'on a vraisemblablement bâti les premières chaumières de la cité d'Allanche. Ces bénédictins étaient non seulement d'un ordre intellectuel : copie des livres sacrés, calligraphie, enluminures, mais aussi manuel : ils ont tracé des chemins, construit des moulins, défriché les forêts, asséché des marécages. Bref, rien à voir avec les Antonins dont le rôle consistait à soigner les malades.

Pierre avait oublié le café, le bruit, les rires et la fumée.

– Imagine cette époque... Depuis la France jusqu'en Europe centrale, sévissait une mystérieuse maladie qui décimait les hommes par milliers, donnait des douleurs atroces, une espèce de gangrène sèche des extrémités des membres, qui obligeait soit à amputer, soit à laisser mourir, un peu comme la lèpre. Ces souffrances étaient si abominables qu'on les a comparées à un feu intérieur, une consumation qu'on a appelée feu sacré – *ignis sacer* – puis le mal des ardents – *pestilencia terribilis ardentium* – qui conduisait à la folie.

– Et c'était quoi, cette maladie ?

– Eh bien, on a mis longtemps à l'identifier, mais

elle résultait tout bêtement de l'intoxication par l'ergot du seigle. C'est un champignon parasite des céréales, surtout du seigle, qui renferme des alcaloïdes extrêmement toxiques. Bien sûr, tout le monde ignorait la chose, et continuait de manger du pain de seigle ergoté.

– Quelle horreur, frémit Pierre.

– Tu peux le dire. Et nos moines, les Antonins, sont arrivés dans le pays et se sont mis à soigner les malades atteints de ce fléau.

– Et eux-mêmes mangeaient du seigle !

– Comme tout le monde... Ce qu'il faut comprendre, c'est qu'à cette époque où les puissants malmenaient sans scrupules les serfs, les paysans et les petits, seule l'Eglise leur venait parfois en aide. Je dis bien parfois. Il n'y avait pour eux ni médecins, ni hôpitaux, ni aide médicale d'aucune sorte, à part les sorciers, les guérisseurs, et ce que l'on se transmettait de bouche à oreille dans les campagnes. Parfois en grand secret. Alors de saints hommes venaient à eux et tentaient de soulager leur misère. En ce qui concerne les Antonins, ils sont morts avec eux.

Pierre resta muet, bousculé par une foule de questions. Et soudain :

– Qui êtes-vous, Alexandre ? Vous m'avez dit l'autre jour que vous n'étiez pas seulement pâtre. Alors, qui êtes-vous ?

– Ta question est audacieuse, mon garçon. Mais

j'y répondrai un jour. Pour ce soir, j'ai tenu ma promesse : tu sais qui sont ces moines de l'ordre des Hospitaliers de Saint-Antoine.

– Je ne voulais pas me montrer indiscret, bafouilla Pierre. Excusez-moi.

Et après un temps :

– Ce saint Antoine, c'était saint Antoine de Padoue ?

– Non. Saint Antoine de Padoue est né en Espagne, mais l'autre, le grand, celui dont on parle, est dit l'Égyptien, l'Ermite de la Thébaïde. Il est né en 251 et aurait vécu cent cinq années. C'est lui le père fondateur de l'ordre. La Thébaïde est la partie méridionale de l'Ancienne Égypte. C'est là que venaient se réfugier les premiers chrétiens pour fuir les persécutions de l'empereur Decius. Saint Antoine a été l'un des fondateurs de la vie monastique en Orient. Le premier moine, si tu préfères. Pendant son long séjour dans le désert, il a mené une vie d'ascète. On dit qu'il a été soumis à des visions, des tentations qui ont inspiré Flaubert et beaucoup de peintres.

– Hé, pastoureau ! gloussa Martinien qui visiblement n'avait plus soif. Viens un peu avec nous, tu vas apprendre des choses... !

Pierre fit mine de ne pas entendre. Alexandre trempa les lèvres dans sa bière, et sa moustache retint une virgule de mousse.

– C'est un seigneur du Dauphiné, expliqua-t-il, qui rapporta de Constantinople les restes de saint

Antoine. Jocelyn les a déposés dans une église de son pays natal qui s'appelait la Motte-Saint-Didier ou la Motte-aux-Bois, devenu aujourd'hui Saint-Antoine-de-Viennois ou encore Saint-Antoine-l'Abbaye.

Pierre secoua la tête, incrédule.

– Mais cette cochonnerie de maladie, comment a-t-on pu l'appeler le « feu sacré » ?

– Les gens ont cru que c'était une vengeance de Dieu. On faisait des pèlerinages à la Vierge Marie, à saint André, à saint Martial et quelques autres... À la Motte-aux-Bois, on a invoqué saint Antoine, et il y a eu des « miracles ».

– Et tout a commencé...

– À la Motte-aux-Bois, on arrive de partout pour obtenir la guérison. Une communauté de frères convers installe La Maison de l'Aumône, une sorte d'hôpital qui devient très célèbre. Et puis naît un ordre religieux : les Hospitaliers de Saint-Antoine ou Frères Antonins ou Les Antonins, dirigé par un grand maître...

– Le feu sacré..., soupira Pierre. Tu parles d'un sacrement !

– Les Antonins essaiment un peu partout... et vers 1200, l'ordre compte une centaine de centres et d'hôpitaux. Il a bien fallu mettre sur pied une organisation, une structure, ne serait-ce que pour faire face aux besoins financiers, et sont nées les commanderies, qui correspondaient à peu près à un évêché. Après quoi l'ordre se cléricalise.

– C'est à de moment-là que les Antonins arrivent dans la région de Vernols ?

– Probablement. Mais il n'existe aucun document qui précise la date de leur arrivée. Les Antonins ont installé leurs hôpitaux dans des lieux surprenants, loin des villes et des villages, souvent appelés par des seigneurs.

A cet instant, ils entendirent nettement la voix de Martinien suivi d'un choc. Le boutillier se retrouva par terre, dominé par un costaud qui comptait bien continuer d'en découdre.

– Arrêtez ! cria Pierre en se précipitant sur Martinien.

Alexandre était déjà à ses côtés pour lui prêter main-forte.

Le costaud grogna, cracha une dernière insulte et s'éloigna en vacillant.

– Ils ont dû se disputer sur le nombre de barriques qu'ils ont bues, avança Alexandre.

Pierre éclata de rire. A deux, ils saisirent Martinien sous les aisselles pour le sortir à la fraîche. Le temps du retour était venu, et le chemin s'annonçait ardu. Mais le boutillier ne l'entendait pas de cette oreille. Il les repoussa violemment.

– Foutez-moi la paix tous les deux ! J'ai le droit de faire ce que je veux !

– Je crois qu'il serait raisonnable de rentrer,

avança posément Alexandre. Nous avons quelques kilomètres à faire et, dans votre état...

– Fous-moi la paix, le barbu ! J'ai pas besoin de tes leçons ! Et surtout me touche pas !

Autour d'eux, les autres s'étranglaient de rire. Certains l'invitaient à trinquer encore.

Cette fois, Pierre et Alexandre le saisirent chacun par un bras et le poussèrent dehors.

– Hé, vous autres ! cria le bistrotier. Il a pas payé !

Sans un mot, Alexandre régla la note.

– Allez, dit-il en rejoignant Pierre qui jouait les piliers, il y a du chemin !

Tant bien que mal, Martinien avançait un pied devant l'autre, sans cesser de marmonner. Tous deux peinaient à le traîner. La nuit était tombée, et l'on devinait le chemin plus qu'on ne le voyait.

– Tu comprends pourquoi je ne descends jamais, petit. Il y avait bien cinq ans que je n'avais pas mis un pied au village.

– On discutait si bien ! pesta Pierre.

– Nous continuerons, sois tranquille. A l'heure de la sieste, ou un dimanche, et puis nous pouvons nous voir quelques minutes presque tous les jours en surveillant nos bêtes.

– Je voudrais bien savoir où se trouvaient ces Antonins.

– Je te montrerai l'endroit, il y a encore des traces, des ruines de la commanderie.

– Je m'en fous des Antonins ! hurla Martinien, je m'en fous complètement !

– Gardez vos forces pour avancer, conseilla Alexandre, on n'est pas arrivés !

Au grand désespoir de l'équipe de soutien, le boutillier avait besoin de s'arrêter tous les vingt mètres.

– Et si nous le laissions dormir dans un fossé ? proposa Alexandre avec un clin d'œil.

– Ah ! cracha aussitôt Martinien. Vous m'aimez pas, hein, monsieur l'Alexandre saint machin, mais moi aussi je vous aime pas !

Ses jambes ployèrent sous lui et ils le rattrapèrent de justesse. Un fou rire incoercible avait saisi Pierre, qui faillit s'écrouler avec lui. Alexandre en rajoutait.

– Qu'allez-vous chercher là, mon ami, vous avez seulement besoin de dormir un peu, jusqu'à l'heure de la traite. Mais qu'arrive-t-il, vous ne me tutoyez plus ?

– Je m'en fous, le barbu ! Vous savez pas, vos moines ? Eh ben je m'en fous aussi !

Suivit une chanson de son cru, poussée à tue-tête, où il était question de moines et de vaches.

– Evidemment, admit Alexandre, dans ces conditions...

Après avoir salué Alexandre, cette nuit-là, et couché le Martinien dans la paille, près des veaux, pour ne pas réveiller M. Bruyeras, Pierre riait encore en sombrant dans le sommeil.

# 6

La matinée fut rude pour Martinien. De temps à autre, il portait la main à son front, en murmurant :

– Oh, ma tête.

Pierre faisait mine de ne rien voir. Et puis, au Buron, rien ne pouvait arrêter le travail de traite. Le vacher ne s'opposait pas aux sorties de ses hommes, qu'il accompagnait parfois, mais gare si le travail en souffrait.

Brusquement Martinien se figea, comme si une révélation venait de le traverser.

– Nom de Dieu ! dit-il à Pierre. Je suis parti sans payer hier soir ! Je m'en souviens maintenant.

Le pâtre le laissa mijoter un instant, puis :

– Ne vous inquiétez donc pas, ce n'est pas si grave.

– C'est toi qui as payé ? Dis, Pierre, c'est toi ? Je veux savoir.

– Non, ce n'est pas moi, mais ça n'a pas d'importance, aucune importance !

– Je veux savoir ! exigea Martinien. Je laisse pas

d'ardoise, moi. Je roule pas sur l'or mais quand je commande une tournée, je la paie ! Tu comprends ? Faut que j'aille régler la note au plus tôt, j'irai cet après-midi, pendant la sieste, ça m'apprendra !

– C'est Alexandre qui a réglé l'addition, et sans histoires, qui plus est. Avant même que je puisse le faire.

– Bon Dieu ! Oh, j'aime pas ça ! J'apprécie pas ce type et c'est lui qui paye. J'aime pas du tout... Il faut que je le voie le plus vite possible !

Pierre décida de le laisser à ses lamentations.

Pendant le déjeuner, entre deux regards noirs à Martinien, Bruyeras s'informa de la soirée.

– J'ai appris beaucoup de choses, dit Pierre. Oui, vraiment beaucoup. Mais nous allons nous revoir, je voudrais connaître l'emplacement des ruines.

– Peut-être près de Vernols, il me semble avoir entendu dire des choses, là-dessus.

Martinien, pas très à l'aise, voulut apporter son grain de sel.

– C'est une histoire comme celle du Drac, dit-il en regardant son assiette.

– Le Drac, c'est une légende, contra Bruyeras. Le diable qui prend la forme d'hommes ou de bêtes...

– Peut-être pas..., assura le boutillier. Un jour, une demoiselle a été promise au fils d'un riche Seigneur. C'était aussi au temps du Moyen Age, dans un château de la région. La jeune fille ne voulait pas accepter ce mariage. Un mendiant passait par là, et elle lui raconta son chagrin.

« Ne crains rien, jolie demoiselle, tu ne te marieras pas avec cet homme, lui dit le mendiant.

– Qui êtes-vous donc, monsieur ? s'étonne la jeune fille. Je ne vous ai jamais vu par chez nous.

– Je peux pas te le dire, mais toi tu peux me croire. Tu as été généreuse avec moi, je le serai avec toi. »

Le jour des noces arrive. La jeune fille entre dans l'église, vêtue de sa magnifique et longue robe. Elle est si malheureuse qu'elle est obligée de baisser les yeux pour cacher ses larmes. Elle pense au mendiant qui lui a raconté des balivernes, mais elle n'a que le droit d'obéir. Son seigneur et futur mari l'attend, dans son habit de soie et de velours brodé d'or. Il n'est plus jeune mais il est respecté de tous. Son regard pétille. Lorsqu'il tend la main vers sa future épouse, il y a un coup de tonnerre et pourtant le temps n'est pas à l'orage. Toute l'assistance, les yeux fixés sur le couple, assiste alors au spectacle le plus déshonorant qui soit. Les magnifiques vêtements du seigneur se détachent, se décousent, redeviennent bouts de tissus et tombent sur le sol. En quelques secondes, il se retrouve entièrement nu. La foule pousse un oh ! de surprise et d'indignation, les femmes détournent le regard, les gardes se groupent autour de leur seigneur pour le dissimuler, on le couvre, on le cache, et à ce moment, le portail de l'église s'ouvre à deux battants et entre un souffle énorme accompagné d'un rire qui résonne dans toute l'église.

– Le Drac ? demande Pierre.

– Qui veux-tu que ce soit ? Il s'était transformé en fil de couture, celui qui avait servi à coudre les habits de noces. Au bon moment, il a quitté l'habit en réalisant le souhait de la belle princesse et en se vengeant du mauvais accueil du château. On dit que le seigneur a eu tellement honte, après ça, qu'il est parti pour les croisades le lendemain. Et personne, jamais, l'a revu.

– Quelle histoire ! s'exclama Pierre. Elle me rappelle ce que raconte ma grand-mère. Elle dit que le Drac est la cause de bien des malheurs. Il peut aussi bien détacher les animaux dans les étables, et ouvrir les portes pour qu'ils se perdent dans la nuit.

– Il y a aussi la Galipote, renchérit Martinien. C'est une bête noire, une espèce de forme sans membres, qui ressemble ni à un humain ni à une bête, et qui vous saute dessus la nuit et se fait porter. Gare à ceux qui traînent dans les chemins !

– Je sais, dit Pierre en riant. Nous on l'a portée hier soir !

Bruyeras éclata de rire, mais Martinien mit quelques secondes à avaler la couleuvre.

– Ouais... Il y avait aussi des loups-garous aux Bastides, autrefois, les vieux s'en souviennent encore.

Tous trois se turent. Ils étaient seuls dans la montagne, seuls au profond d'une nuit d'encre, isolés de tout.

– Je vais me coucher, décida Bruyeras.

Mais il ne bougeait pas. Aucun des trois hommes ne bougea. Au bout d'un long moment, ils se levèrent ensemble.

Quelques jours plus tard, Alexandre et Pierre trouvèrent le temps de converser dans les pâturages voisins. Les Antonins, pour Pierre, devenaient une véritable passion. Alexandre l'abreuvait de détails, et le jeune homme redoutait d'en oublier, de ne pas se souvenir de tout.

– Je te donnerai des titres de livres à lire, dit Alexandre. Tu pourras approfondir tes connaissances. Si tu veux, nous irons à Vernols, voir sur place ce qui reste de la commanderie de la Feuillade. Elle a été détruite par les huguenots au XVI$^{e}$ siècle.

Au buron, devant l'agacement de Martinien, et le peu d'intérêt manifesté par le vacher, Pierre avait décidé de ne plus parler des moines. Et pas davantage d'Alexandre. Il s'était promis de continuer à chercher, à comprendre, et si Alexandre acceptait encore de le guider, il serait le plus heureux des hommes. En secret. Et il y associait Anselmine.

Les jours puis les semaines passaient. La cave

s'emplissait de fourmes. Anselmine et Pierre échangeaient un abondant courrier.

Tous les dix jours, M. Dabourial approvisionnait le buron en vivres frais, et sa visite apportait aux hommes de là-haut une bienfaisante présence.

Ce matin-là, le garde-pêche passa au buron, comme par hasard. Il avait sans doute une idée derrière la tête, Bruyeras le connaissait...

– Ça fait plaisir de vous voir, garde, on vous attendait un peu.

L'homme donnait des nouvelles des voisins, parlait politique, du temps et de tout...

– Faudrait bien que vous passiez manger une truffade un de ces jours, dit le vacher. Je sais que vous aimez ça...

– Ah, vous la préparez d'une manière extraordinaire, alors je ne dis pas non. La semaine prochaine je dois remonter dans les parages, jeudi, oui jeudi.

– Alors d'accord pour jeudi. En attendant, on pourrait voir s'il y a quelques truites en bas...

– Allez-y tranquilles, vous savez que je les aime aussi.

– On s'est compris.

Le vacher ne laissa pas repartir le garde sans lui proposer de casser une petite croûte, comme par hasard il était quatre heures.

Le lard fondait dans la poêle, et répandait un fumet à ameuter les pierres.

– Juste une omelette au cantal avec des œufs frais

et une tranche de jambon, nous n'avons pas grand-chose ici.

– J'ai déjà l'estomac qui réclame, dit le garde en rigolant.

Bruyeras fouetta ensemble sept œufs entiers, sel, poivre et deux cuillerées de lait froid. Dès que l'omelette commença à prendre dans la poêle, il y ajouta le cantal râpé. Une merveille !

Avoir un invité à table, ne serait-ce que le temps d'une collation, rendait les heures plus douces. Le tonneau de vin y laissait quelques pintes, et l'on parlait, on racontait.

Et puis, du coup, le braconnage devenait permis... Le garde se laissait aller à expliquer comment prendre un lièvre au collet. La seule promesse de la truffade avait un pouvoir magique.

Quelques jours plus tard, le petit ruisseau eut de la visite. Bruyeras avait suivi pour, disait-il, « surveiller les alentours ». Martinien, grand spécialiste de la pêche à la main, et Pierre, qui n'avait rien à lui envier, rapportèrent une musette pleine de truites superbes.

– A la fin de l'été, il n'en restera plus une seule, dit Bruyeras. On a eu de la chance aujourd'hui. On n'est pas les seuls à aimer les truites !

– Et sans risques ! s'amusa Pierre.

– Faut en garder quatre pour le garde et, si tu veux, tu en donneras à ton moine, dit Martinien d'un air moqueur.

Pierre avait déjà détalé en direction du buron d'Alexandre.

L'heure de la traite approchait. La pêche avait grignoté le temps de la sieste, mais c'était pour la bonne cause.

Au dîner, Bruyeras prépara les truites. Un mets exceptionnel pour l'équipe. Salées, poivrées, un brin de persil à l'intérieur, roulées dans la farine, elles doraient dans la poêle. Comme des chiens de chasse, les hommes humaient, attirés par l'odeur.

Chaque repas générait des conversations inattendues. Des histoires de pêche et de braconnage, mais aussi des récits fantastiques, que l'on racontait en baissant la voix, à l'orée de la nuit. Plus d'une fois, Pierre avait regagné sa paillasse en hâtant le pas, sursautant au chuchotis des feuillages, ou au froissement des hautes herbes.

Au jour prévu, le garde se présenta au buron avec une mine réjouie. Il déposa sur la table deux bouteilles, l'une de vin rouge et l'autre enveloppée dans un journal.

– Ça, dit-il en riant, c'est pour pousser le reste !

Le cuisinier mettait la dernière main à son chef-d'œuvre. En attendant, on trinquait à la santé des uns et des autres.

Dans la grande poêle, les pommes de terre doraient, coupées en tranches moyennes, pas trop fines.

– Martinien, ordonna Bruyeras, coupe donc le jambon, je ne suis pas très en avance.

La tomme en menus morceaux rejoignit la poêle et Bruyeras mélangea l'ensemble, qui commençait déjà à filer.

– Quelques minutes encore. Vous avez tout juste le temps de goûter ce pâté de la ferme.

On tranchait le lourd pain de seigle, l'éclat du vin jouait dans les verres, et soudain la grande poêle trouva sa place au centre de la table.

L'équipe d'estive échangea des clins d'œil : le garde salivait comme un bouledogue.

Martinien servit une énorme part à Pierre :

– Mange, pastoureau ! Il te faut des forces pour étudier les moines.

Pierre éclata de rire, bientôt imité par les deux autres. Le garde ne mangeait pas, il dégustait, avec un bonheur indicible.

– Humm... C'est encore meilleur que d'habitude ! Vous êtes vraiment le champion de la truffade ! J'en témoigne !

Martinien emplit à nouveau son verre.

– Vous pourrez faire une sieste, dit-il, comme d'habitude, sinon, vous ne pourrez pas repartir...

Quand vint le moment de laisser parler la gnôle, Bruyeras claqua de la langue :

– Où l'avez-vous dénichée, celle-là ? On devine la prunelle et la poire, pas vrai ?

– Dans une autre ferme, et pour le même service ! Je n'allais pas la ramener chez moi, ma femme m'empêche d'y toucher !

Il allait ainsi de buron en buron, partageait la table et colportait les nouvelles, à la manière des troubadours du Moyen Age. A la différence que lui chantait faux.

Ce jour-là, il raconta que des braconniers avaient failli se noyer à la cascade des Vérines.

– C'est loin d'ici ? demanda Pierre.

– T'as pas envie d'aller traîner là-haut, sursauta Martinien, il y a même pas un bistrot !

– C'est près du temple romain, sur le plateau, l'Allanche prend sa source plus haut, au col de la Malmouche. Ah, pour ceux qui aiment les paysages, faut avouer que c'est un paysage !

– Faut pas dire ça à Pierre, l'interrompit Bruyeras. Entre le temple romain et les Antonins, il va nous faire une tête comme ça...

Pierre ne releva pas, il savait à qui s'adresser.

Après le festin et les pintes de bonne humeur, les hommes se cherchèrent une place au sommeil. Sieste obligatoire pour tous.

Pierre invita bien l'image d'Anselmine, mais lorsqu'elle parvint sous ses paupières lourdes, il dormait déjà.

## 7

Quelques journaux en désordre livraient leurs titres de une : « NOUVELLES MANIFESTATIONS AGRICOLES DANS LE MIDI ! » Les producteurs de Cavaillon avaient déversé une trentaine de tonnes de pommes de terre devant le bureau des contributions et chez le percepteur. En sport, Jacques Anquetil se préparait à gagner le Tour de France. On parlait aussi d'arrêt de travail dans les services publics, et l'Assemblée nationale, en ce 18 juillet 1963, adoptait par 257 voix contre 205 le projet de réglementation du droit de grève dans les services publics.

– Les fonctionnaires ont le culot de faire grève ? Qu'ils y viennent dans nos montagnes, ils verront combien d'heures et de jours nous travaillons ! s'exclamait Bruyeras.

Pour ceux qu'il considérait toujours comme trop payés par l'État, qui se croyaient supérieurs aux autres et assurés d'un travail et de congés payés qu'ils prenaient à leur guise, il n'avait guère de sympathie.

Puis, lassé de toute cette politique où « ce sont toujours les mêmes qui trinquent », il sortit du buron respirer l'air vivifiant des montagnes.

Le jardin avait maintenant assez belle allure, les petits pois avaient germé, les salades, bien qu'hésitantes, avaient tout de même décidé de grandir. Quant aux radis, il fallait en semer tous les quinze jours. Les choux seraient à point en septembre pour les toutes dernières semaines et le persil pointait ses feuilles dentelées dans un coin. Bref ! Il y avait de quoi être fier.

Pierre, lui aussi, rêvait devant le potager.

– Tu vois que ça valait la peine, dit Adrien Bruyeras. On a l'air un peu plus civilisé, non ?

– Ça nous rapproche de chez nous. Enfin, je veux dire que nous avons tous des jardins, aux Bastides.

– Je te comprends. Mais nous sommes déjà à la mi-juillet, deux mois se sont passés, presque la moitié de la période.

Pierre passa d'un pied sur l'autre.

– Monsieur Bruyeras, j'aimerais, je voudrais...

– Quelque chose ne va pas ?

– Tout va bien, mais je voudrais vous parler... c'est personnel.

Bruyeras attendit, sans s'impatienter.

– Monsieur Bruyeras, Anselmine et moi on s'écrit souvent.

– Je l'avais bien remarqué, il n'y a pas de mal à ça.

– C'est... Il faut que vous sachiez que c'est sérieux entre nous. C'est vrai, c'est sérieux.

S'il n'avait pas regardé le vacher en lui parlant, maintenant il le fixait avec une certaine inquiétude.

– C'est bien de me le dire, Pierre, oui, c'est bien de ta part.

Après un silence :

– Que veux-tu que je te dise ? Je ne suis pas très surpris. Mais c'est votre histoire à tous les deux.

Pierre respira un grand coup. Sa crainte, toutes ses craintes s'étaient évanouies. Il aurait voulu exprimer tant de choses, mais il attendait.

– Anselmine est ma seule fille, mais elle se mariera bien un jour, faudra que je m'y fasse. Moi aussi j'ai été jeune, chacun son tour.

– Il me tarde de la revoir. C'est bien long, le temps ici...

– Chaque été, ma femme monte en visite une fois, vers la fin juillet. Marie-Louise Dabourial et son frère aussi, une fois ou deux. Si tu veux voir Anselmine, je ne t'en empêcherai pas. Sylvestre n'étant pas rentré de l'armée, ça fera une place pour elle et ça ne sera pas son premier voyage vers notre buron.

– Merci, monsieur Bruyeras, je vous remercie beaucoup. Je me sens mieux, j'avais l'impression de...

– Il est temps de penser à la traite, reprit le vacher, songeur, avant de s'éloigner.

Pierre se sentait décoller du sol, il volait... se noyait dans un bonheur qui lui apparaissait tout à coup comme une immensité à survoler à deux, main dans la main.

Ce soir-là, précisément, le ciel prit des couleurs de feu. Un coucher de soleil grandiose se préparait. Pierre attendait, bouleversé d'amour. L'horizon dévora lentement l'hostie brûlante, et le ciel lui dessina une apothéose.

La nuit venue, le pâtre écrivit à sa très chère Anselmine. Et baisa sa photo plus tendrement que d'habitude. La mémoire lui chuchotait certains souvenirs.

Alexandre et Pierre se rencontraient de temps à autre, et Martinien en prit ombrage, piqué de jalousie devant cette complicité qui l'excluait.

Un soir, l'équipe des trois buronniers : Bruyeras, Martinien et Pierre, sans oublier Finaud, descendit à Allanche, pour casser l'isolement. A la vue des constructions de la ville, Pierre s'exlama :

– Je n'avais pas remarqué que c'était un village fortifié ! Il y a des murailles partout, et quelle hauteur ! La pierre ne devait pas manquer ici.

– Tu as raison, dit Bruyeras. C'est du solide, un peu comme les gens d'ici. Ils en ont vu passer des armées, des croisades, et aussi des buronniers et des troupeaux, depuis des siècles. Ils ont le pied et le cœur solides.

– Il faut dire que c'est une vie bien particulière. Je comprends que les jeunes ne veuillent plus exercer ce métier, dit Pierre. Même si je ne le crains pas.

– Moi, ça me va bien, ajouta Martinien. Ici, je suis bien, je me fous du reste.

– Regardez, dit Bruyeras. Ici, vous entrez dans la partie de la ville qu'on appelle la terre vermeille, dans le quartier d'outre-laïgue. On vient de passer l'Allanche.

– Pourquoi vermeille ? s'étonna Pierre.

– Parce que nous sommes sur une terre volcanique. Le sol renferme de la pouzzolane, des résidus de terre rougeâtre.

Martinien haussa les épaules.

– Ça donne soif de parler. Entrons ici, reprit-il, on crève de soif. Mais peut-être que Pierre voudrait rendre visite à Saint-Antoine, un peu plus loin. Tu vois c'est la grande bâtisse...

Adrien Bruyeras comprenait qu'entre ses deux aides, quelque chose ne collait plus.

Ils entrèrent dans le café bondé.

D'autres gars des estives étaient accoudés au comptoir ou assis autour des tables. On se saluait bruyamment, on trinquait. Tout à coup, quelqu'un interpella Pierre :

– Hé ! T'as perdu ton copain le barbu ?

Surpris, le jeune homme se retourna en souriant.

– Oui, dit-il.

– Tu le connais ? Tu sais qui il est ? Moi il me ferait peur !

– Parce qu'il porte une barbe et des cheveux longs ?

– Non, parce qu'il cause pas de notre monde. Alors il fait quoi chez nous ?

Pierre ne sut que répondre. Il haussa les épaules en signe d'ignorance, mais en se promettant de le savoir un jour.

Martinien se surveillait. La présence d'Adrien Bruyeras lui imposait une certaine retenue, et après deux heures de « dépaysement », il put quitter le comptoir sur ses jambes. En grommelant et jurant, mais capable de marcher seul.

Un crépuscule tardif maquillait le pays de rose. Quelques silhouettes d'animaux se dessinaient dans les dernières clartés qui s'amenuisaient.

Peu à peu, ils laissèrent derrière eux les dernières maisons, les dernières clameurs. Et la solitude les rattrapa. Ils étaient à nouveau seuls. A trois, mais seuls. Ils se turent en marchant, comme pour se soumettre au silence qu'ils savaient retrouver là-haut. Ce silence si familier.

Une semaine plus tard, Pierre reçut la grande nouvelle : Anselmine viendrait le mardi suivant ! Une joie intense le secoua comme une fièvre. La lettre indiquait qu'elle accompagnerait Mme Bruyeras, Marie-Louise et M. Dabourial. Avec un peu de chance, Bruyeras donnerait moins de travail à son pâtre ce jour-là ! Une seule ombre au tableau : Marie-Louise. Mais il refusa de sacrifier sa joie à cette petite garce !

Lorsqu'il retrouva Alexandre, après la traite, il lui confia son attente, son impatience, et pour la première fois, se raconta un peu plus. Emporté par un élan d'amitié, il osa demander :

– Vous avez bien une famille ?

Alexandre ne répondit pas, comme s'il laissait au silence le soin d'effacer la question. Pierre accusa le coup.

– Pardonnez-moi, Alexandre. Ça ne me regarde pas. Je voudrais vous présenter Anselmine, je lui ai parlé de vous dans mes lettres.

– Vous avez bien autre chose à faire tous les deux. Une autre fois, peut-être. Donne-lui le bonjour quand même.

Les choses en restèrent là et le mystère aussi. Pierre avait appris qu'Alexandre travaillait à l'année chez M. Salcaize, un fermier de la région d'Arpajon, mais personne ne connaissait son passé.

Les jours qui suivirent, Pierre les vécut comme des siècles. Interminables. L'attente le tenait en état second, le conduisait à ses tâches sans y participer, regardant sans voir, écoutant sans entendre. Jusqu'à cette dernière nuit où il ne put trouver le sommeil.

Mardi 30 juillet.

Il traversa la matinée dans une transe qui le forçait à s'isoler.

A 11 heures, enfin, ils entendirent un moteur. La jeep du patron pointait son capot, avec ses passagers.

Et là, étrangement, dans l'esprit du garçon, tout s'apaisa. Anselmine était là.

Les buronniers avaient fait toilette, changé de vêtements, astiqué les chaussures !

On aida les dames à descendre. Et il la vit... sa main dans la sienne, son sourire, ses cheveux, sa robe qui caressait sa taille. Tous deux se regardèrent à peine, s'embrassèrent discrètement, le cœur fou jusqu'à l'ivresse.

Marie-Louise fit un clin d'œil à Pierre qui regardait ailleurs.

Mme Bruyeras vint à son mari, discrète elle aussi et souriante, puis à Pierre.

– Ta grand-mère m'a dit que tu aimais le civet de lapin, dit-elle en confidence. Eh bien, regarde dans le panier, nous allons tous en profiter !

Aux anges, le garçon découvrit la cocotte de sa grand-mère. Même froid, le civet était reconnaissable. C'était son message à elle, et en pensée Pierre déposa un baiser sur le front de la vieille dame, à la naissance de ses cheveux blancs.

– Aujourd'hui, annonça Mme Bruyeras, c'est moi qui m'occupe de la cuisine, le vacher n'en sera pas mécontent !

Et tout le monde applaudit en riant.

Dabourial s'en alla tout droit vers la cave, procéder à ses vérifications. Marie-Louise s'en prit à Martinien plus que d'habitude, et Anselmine dut se séparer de Pierre pour monter la chantilly qui garnirait les petits choux maison. La crème fraîche du buron était une aubaine très attendue.

Mais Pierre ne parvenait pas à s'éloigner. La fête battait en lui.

On se serra autour de la table, agrandie pour l'occasion des longues planches descendues du grenier.

La joie des retrouvailles éclairait les regards d'une lumière inhabituelle.

Marie-Louise s'en prenait toujours à Martinien en guignant Pierre du coin de l'œil.

Le vin du nouveau tonneau fit chanter le cœur de ce buron perdu au milieu des terres polies par le temps et les éléments.

Entre deux reparties, Adrien Bruyeras enveloppait sa fille d'un regard de tendresse. Bientôt, ce lien se distendrait, et il ne se sentait pas prêt, pas encore.

Après le café, il annonça :

– Liberté pour tous, jusqu'à quatre heures et demie. Chacun peut aller où bon lui semble.

Pierre se leva aussitôt :

– Anselmine et moi allons nous promener dans les pâtures, chantonna-t-il en invitant la jeune fille.

Marie-Louise sursauta, prise de vitesse, et se tourna vers Martinien :

– N'avez-vous pas besoin de cigarettes ? Je vous emmène à Allanche avec la jeep de mon père. Tu es d'accord, papa ?

Dabourial ne lui refusait rien. Jamais.

Anselmine et Pierre s'éloignaient déjà du buron, jusqu'à disparaître au creux d'un vallon. Au loin, ils entendaient les clarines tranquilles des troupeaux au repos. Un ruisselet passait par là, au fil de la lande, avec un zézaiement d'enfant.

Ils se jetèrent dans les bras l'un de l'autre.

– Oh mon Dieu ! souffla Pierre, mon Dieu, je t'ai attendue si longtemps !

Il la serrait contre sa poitrine et n'entendit pas Anselmine répéter :

– Moi aussi... Moi aussi je t'ai attendu !

Ils se laissèrent glisser dans l'herbe chaude. Finaud qui les avait suivis s'intéressa tout à coup à la course d'un papillon ; un bousier, entre deux brins d'herbe, rebroussa prudemment chemin ; et le soleil, décidément, était juché trop haut pour les apercevoir...

Ils étaient enfin seuls.

Après le grand silence de la sieste, le buron reprenait vie.

Martinien était excité comme une puce, tandis que Marie-Louise observait Pierre d'un regard où couvait le poison. Derrière le sourire qui voulait donner le change, elle finit par lui murmurer :

– Tu ne m'échapperas pas, Pierre. Je t'aurai un jour parce que je te veux. Même s'il faut te compromettre et moi avec.

Une peur familière lui revint au ventre. Il perdit toute prudence.

– Je ne t'aime pas, Marie-Louise. Et je ne t'aimerai jamais ! Mais je te préviens, ne t'approche pas d'Anselmine !

La rage la fit pâlir. Elle trouva l'aplomb de sourire à Martinien qui n'en pouvait plus, la dévorait des yeux, au comble de l'excitation.

Les visiteurs s'étaient réunis pour assister à la traite.

Pierre et Anselmine étaient au-delà du regard, ils se savaient. De temps à autre, les lèvres fiévreuses de la jeune fille ébauchaient un sourire pour elle seule, qu'il recueillait sans le voir. Désormais leur peau, leur souffle communiquaient.

Mme Bruyeras semblait ravie. Une journée qu'elle qualifiait de superbe.

Pierre et Anselmine se sourirent. Cette journée leur appartiendrait à jamais.

Lorsque la jeep reprit le chemin du retour, il n'y avait place pour aucune tristesse, seulement le souvenir d'une grande journée de soleil.

– Des jours comme aujourd'hui, grogna Martinien, j'en voudrais plus souvent.

– Avec une promenade en jeep ? lança Pierre.

Martinien lui glissa à l'oreille :

– Si tu savais ce qu'elle m'a montré, la petite...

– Gardez ça pour vous, Martinien, elle vous fera avoir de sales histoires !

Et il se mit à craindre pour Anselmine. Il savait Marie-Louise capable de tout, et même de profiter de l'absence de Pierre. Deux gros mois encore avant de pouvoir rejoindre son aimée et la protéger.

La peur revint se loger au creux de son estomac. S'il arrivait quelque chose à Anselmine...

Août fit son entrée entre chaleur accablante et violents orages. Des vents de furie rabattaient la pluie, et les bêtes se réfugiaient derrière les ridas, ces claies de bois plein très utiles quand l'écir transportait à l'horizontale les derniers flocons de neige de mai ou les premiers d'octobre.

Les pâtures s'épuisaient, et la gouverne du troupeau en devenait plus délicate. Quant à la production du fromage, elle ralentissait sensiblement.

Des promeneurs venaient parfois découvrir pâtures et burons. Le vacher leur vendait quelques produits, et recevait un merci sous forme de bonnes bouteilles qui ne se refusaient pas.

Alexandre et Pierre s'étaient rendus un dimanche sur l'emplacement de la commanderie de la Feuillade, à Vernols. Au nord de Cézerat, il fallut marcher longtemps pour découvrir les traces de ce qui avait été l'infrastructure de la commanderie. De vagues marques de murs, quelques lignes laissées par la surélévation des terres, c'étaient là tous les vestiges de ce qui avait préoccupé Pierre pendant si longtemps.

– Tu ne t'attendais pas à trouver des bâtiments, j'espère, dit Alexandre. Les photos aériennes sont plus parlantes, elles permettent d'imaginer ce qu'a été l'ensemble.

– L'église de Vernols est restée en très bon état... Je voudrais rapporter quelque chose à l'abbé Antillac, une pierre, un symbole, un souvenir.

– Les fouilles sont interdites, sauf autorisation du propriétaire des terrains.

– Je ne veux pas en faire un commerce ! Seulement un malheureux caillou ! Et puis je ne connais pas le propriétaire.

– Tu trouveras bien quelque chose. Tu vois, il faut une fin à chaque histoire. Celle des Antonins s'est achevée aussi.

– Les églises sont restées, et pas les commanderies ?

– Le mal des ardents avait disparu, les Antonins n'eurent plus de raison d'être. Vers 1774, Louis XV a fait fermer les petits hôpitaux isolés qui souvent ne remplissaient plus leur devoir d'hospitalité. Et deux ans plus tard, le pape a supprimé l'abbaye mère de l'ordre et ordonné la fusion des Hospitaliers de Saint-Antoine avec l'ordre de Malte.

– Pas possible...

– Et si. Alors les commanderies, tu imagines à quel point elles ont connu diverses fortunes, jusqu'à devenir un bien national en 1791. Celle de Vernols n'a pas fait exception. L'ordre de Malte existe toujours. Libre à toi d'étudier le sujet, les Hospitaliers de Saint-Jean de Jérusalem et les Templiers...

– Alexandre, soupira-t-il, je crois que la vie n'est pas assez longue !

L'homme lui tapota l'épaule, avec un sourire paternel.

– C'est ce qu'on croit à ton âge, mon garçon.

Mais il percevait l'importance de cette visite. Grâce à la terre de ses ancêtres, sur le lieu même des événements, Pierre, pour la première fois, s'était senti concerné. Il avait pris conscience de la grande histoire des hommes.

Ils s'étaient remis en marche, d'un pas distrait.

– Certains burons aussi ont disparu, ajouta Alexandre. On dirait qu'ils se sont enfoncés dans le sol. Et je peux t'affirmer sans me tromper que dans une décennie ou deux, il n'en restera plus un seul.

– Je sais, affirma Pierre avec force. Je n'en ferai pas mon métier, je veux offrir une autre vie à la femme que j'aime. Je suis menuisier-charpentier et je retrouverai ma santé, je travaillerai le bois comme avant.

– Eh bien, dit Alexandre avec un clin d'œil, si tu veux bien en croire le pâtre vétérinaire, tu es sur la bonne voie.

Ils rirent tous deux, et le bâton d'Alexandre avançait joyeusement à la conquête du chemin.

– Je suis vraiment heureux de vous avoir rencontré, avoua Pierre avec une timidité d'enfant. Je ne pourrai jamais vous oublier. Jamais.

L'homme ne répondit pas. Un rayon de soleil traversa son regard. Puis, après un long silence, comme pour lui-même :

– Antonins ou buronniers, mon garçon, ce qui importe, c'est de combattre la même maladie.

Pierre se tut. Pourtant, il aurait bien aimé demander quelle était cette maladie.

# 8

Un jour de pleine lumière s'était levé, un de ces jours où tout semble flotter dans la transparence de l'air.

Au loin, la vallée laissait voir ses burons, ses granges isolées, et à perte de vue du bocage, les clos, le surprenant parcellement marqueté des points rouges des Salers.

Dieu, que Cornelius Dabourial aimait cette montagne ! Il aimait cette démesure qui venait exciter l'imaginaire. Parfois, quand le vent de face relevait les bords de son chapeau, il guettait les clarines des troupeaux, surnaturelles.

Dans ce ciel sans limites, les corbeaux, les pics noirs et les buses paraissaient suspendus, bravant la burle, ce vent d'Auvergne qui s'approprie l'amplitude des espaces.

« Tout ça ne durera guère ! se surprenait-il à penser. Les estives tombent en désuétude. Dans peu d'années, les derniers burons fermeront définitivement. On verra des parcs et des trayeuses électriques, les camions transporteront chaque jour le lait vers des laiteries modernes, et chaque jour mourront un peu plus les traditions des transhumants. Les caves nobles s'effondreront, et les toits de lauzes écraseront l'histoire des buronniers. »

Déjà, au loin, les terres verdissaient sous les plantations de résineux. Les éleveurs privilégiaient les prairies de plaine, à l'accès et à l'exploitation plus faciles.

« Le crépuscule des dieux d'altitude, les burons, est commencé »...

Dabourial pensait à son fils, à qui il destinait sa ferme. Voudra-t-il seulement prendre sa place ? Résistera-t-il aux appels de la ville, là où la légende du béton raconte qu'on vit beaux, riches et heureux ? Celle qui attire les enfants pour mieux les dévorer ?

Le solide Cornélius baissa la tête. Cette fois, il devrait se soumettre. Il ne pourrait pas protéger sa couvée sans devenir son ennemi.

Une jardinière de légumes mijotait sur le feu. Bien que tardifs, les légumes de montagne apportaient leurs goûts.

Le parfum fit frémir le nez du facteur.

– Oh ! cria-t-il. Ça sent bon chez vous, vous avez une nouvelle cuisinière ?

– Dans une demi-heure ce sera prêt, répondit le vacher. Vous voulez être des nôtres ?

– Bien volontiers. Voilà le courrier d'en bas, et surtout pour le pâtre. Celui-là, quelqu'un ne l'oublie pas !

– C'est de son âge, sourit le vacher. Moi, je n'en reçois plus guère. Que dit le journal ?

Ils échangèrent nouvelles et ragots. On apprenait que telle foire avait bien marché, le fromage tenait ses prix, etc.

Pierre s'était isolé, en tête à tête avec la lettre d'Anselmine. Elle avait ajouté une petite ligne : « Sylvestre est rentré d'Algérie. »

Et sans prévenir lui revint en mémoire la phrase du médecin : « Vous serez réformé. Vos poumons. » Pierre avait beau être heureux de ne pas partir à l'armée, il s'en sentait diminué.

Après le déjeuner, le facteur continua sa tournée, et les hommes de l'estive s'étendirent pour la sieste.

Finaud, comme chaque jour, se coucha près de Pierre, le museau contre sa jambe.

Ni lui ni les hommes ne furent alertés. A l'heure de la traite, en entrant dans le bédélat, Pierre s'aperçut que le plus jeune veau avait été tué. Un accident. Bruyeras décida de l'enterrer, après l'avoir écorché. Pierre ne comprenait pas le sens de cette opération, mais voyant le vacher de fort mauvaise humeur, il évita de le questionner. Ce fut Martinien qui l'éclaira :

– Une mère reconnaît toujours son petit. Si on lui présente un autre veau, elle le refuse et ne donne plus son lait. Elle tarit.

– Et alors ?

– Alors on utilise une supercherie. On recouvre un autre veau avec la peau de celui qui est mort. La vache repère son odeur et libère son lait, même si la première fois ça demande un peu de temps.

– Mais... Pendant combien de temps ?

– Bah, petit à petit on diminue la grandeur de la peau, la mère s'habitue et tout redevient normal. Sauf que le veau se retrouve avec deux mères, et qu'il faut lui limiter le lait.

Et devant l'air effaré de Pierre :

– Tous les buronniers connaissent ce truc. On est là pour fabriquer le plus possible de fromage, alors chaque bête compte. On doit se débrouiller... Maintenant, il faut enterrer les restes. Tu viens m'aider ?

Pierre le suivit et tous deux accomplirent la besogne, très loin du buron. La sueur leur coulait dans le dos.

– Tu imagines les trous qu'il faut creuser quand un orage tue des vaches ? Et il faut le faire à toute allure en plus ! Je peux te jurer que ça nous fait pas rigoler.

Sur le chemin du retour, ils se mirent à deviser.

Martinien se laissa aller à quelques confidences, et Pierre en profita pour placer ce qui lui tenait à cœur.

– Vous connaissez Marie-Louise mieux que moi, Martinien. C'est la fille du patron, je le sais, mais faites attention, elle est vraiment capable de n'importe quoi.

– Tu dis qu'elle est jalouse de toi, mais avec moi elle était pas farouche, je te jure ! Faut dire qu'elle est bien roulée, la jeunette ! Et elle a pas froid aux yeux !

– Et le patron, Martinien ? Si le patron l'apprenait ?

– Il saura rien. Et puis elle se débrouillera toujours pour le rouler dans la farine !

Il éclata de rire, et Pierre frissonna d'appréhension.

Deux semaines plus tard, Alexandre et Pierre décidaient d'une balade vers les Vérines, où l'Allanche n'est encore qu'un ruisseau.

Il fallait de bonnes jambes et une solide amitié pour grimper côte à côte jusqu'à la cascade. Résolus à la performance, les deux hommes se mirent en route sous un magnifique soleil.

– Le long des rails se trouve une ancienne voie romaine, dit Alexandre. Et au bout de la voie, à Landeyrat, la gare ne sert que deux fois par an : une fois pour l'arrivée et la deuxième pour le départ des transhumants.

Soudain, il s'immobilisa, jeta un regard autour de lui.

– Attends, dit-il, je vais te montrer l'emplacement d'une villa romaine.

A deux ou trois cents mètres de la cascade des Vérines, dans les pâtures, il repéra les traces que seul un initié pouvait déceler.

– Il vaut mieux venir au soleil couchant, quand la lumière rasante accentue les reliefs.

– Je ne vois absolument rien, Alexandre.

Il lui indiqua un poste d'observation, l'entraîna à reconnaître des formes de terrain, des différences de niveau. Et tout à coup :

– Tu veux découvrir ? Cherche donc ici des tessons de céramique gallo-romaine. Regarde dans les taupinières et n'oublie pas que les taupes sont les amies des archéologues ! Elles remontent en surface tout ce qui les encombre.

Pierre éclata de rire.

– Ça alors ! Jamais je n'y aurais pensé !

Puis il leur fallut prendre le chemin du retour. La traite n'attendait pas.

C'est alors qu'Alexandre retint le garçon par le bras :

– Pierre, il faut que tu saches... C'est ma dernière année d'estive. Je prends ma retraite. Je voulais te dire : j'ai bien fait de rester cette année encore. Elle m'aura permis de te connaître.

Ils s'étaient immobilisés au bord de la route, Pierre regardait la danse du bâton qu'il avait appris à attendre, entre les pans volants de la cape.

– Se reverra-t-on un jour ? demanda-t-il d'une voix éteinte.

– Je l'ignore, mon garçon. Mais nous nous sommes rencontrés. Voilà l'important. Je ne t'oublierai pas.

Ils se quittèrent sur la promesse de se revoir le lendemain, à proximité des clôtures. Pierre s'éloigna avec une sensation de deuil.

Septembre était là.

Le ciel avait perdu la pureté du plein été.

– Dans un mois, dit Martinien, va falloir descendre. Faut qu'on aille faire une bonne virée avant de partir, c'est la tradition, faut pas rater ça !

Pierre souriait, l'esprit ailleurs. Sa grand-mère l'attendait avec une impatience émouvante. La vieille dame trouvait le temps long, se languissait de son petit-fils. Et Anselmine... Si seulement elle pouvait monter une fois encore... Mais elle n'en parlait pas.

Cette fois, les buronniers descendirent à trois. Alexandre s'était abstenu.

Au café, les hommes commentaient abondamment cette estive, sinon exceptionnelle du moins intéressante, sans orages-catastrophes ni incidents majeurs. Les uns s'engageant déjà pour l'année suivante, les autres prévoyant ferme de ne pas remonter.

Un homme d'une soixantaine d'années, qui n'avait pas attiré l'attention, se dirigea vers Pierre et l'accosta avec courtoisie.

– Bonjour. Ne seriez-vous pas le voisin d'Alexandre ? Vous voyez de qui je veux parler ?

– Oui, monsieur. Nous nous connaissons, nous sommes voisins d'estive.

– Je sais que vous vous intéressez à l'histoire des Frères Antonins, n'est-ce pas ? Il m'en a parlé.

– Oui, c'est vrai.

– Je voudrais vous dire qu'un ancien berger des Fouillades possède un objet ayant appartenu à un Antonin...

Les yeux de Pierre s'écarquillèrent.

– Un objet ? De quel genre ?

– Il s'agit d'une canne en bois avec une poignée très spéciale, sculptée dans une racine de coudrier, et dont le pommeau travaillé représente le tau des Antonins.

– Mon Dieu... Et elle est en bon état de conservation ?

– Je l'ai vue, c'est un objet unique dont la poignée représente trois têtes d'animaux : le cochon, le mouton et la vache, à l'abri dans la main de saint Antoine. C'est la canne « suovitaurille » du dernier Antonin commandeur rattaché à la chapelle de Chastel-sur-Murat. Elle est conservée par Antoine Vinatier et son fils Bernard comme un véritable trésor !

– C'est extraordinaire, murmura Pierre. On est sûr de son authenticité ?

– Elle serait datée du XVII^e siècle ; si le sujet vous passionne toujours, vous pouvez demander à la voir en vous adressant à Antoine ou Bernard Vinatier.

– Je vous remercie infiniment. Un jour, je la verrai. Enfin, je ferai tout pour la voir, merci encore.

Les deux hommes embarquèrent le troisième avec peine, avant de grimper avec Finaud sur la remorque providentielle d'un voisin qui remontait vers le plateau avec son tracteur. Martinien ronflait à s'en faire péter la gorge.

En cette fin septembre, la nuit tombait plus tôt et l'air se rafraîchissait. Quelques gelées matinales avaient déjà surpris les hommes et les bêtes.

Pierre avait retrouvé l'excitation de l'attente. Il comptait les jours qui le séparaient encore d'Anselmine. Mais avec une pointe d'effroi. Depuis quelque temps, les lettres de la jeune fille ne contenaient plus la même fougue, il n'y décelait plus la même force tendre. « Il faut que je rentre vite, se disait-il.

La séparation est trop longue. Et puis je me sens en parfaite santé, plus fort que jamais ! » et il piaffait d'impatience.

On commença les préparatifs du retour.

Le pâtre décida qu'il était temps de s'en aller trouver sa pierre à la commanderie. Il sacrifia sa sieste et partit avec Finaud vers le lieu visité avec Alexandre, un sac sur l'épaule. L'homme lui manquait déjà. « Je trouverai quelque chose, j'en suis sûr. Pourquoi ne m'avez-vous pas parlé de la canne ? Pour me faire une dernière surprise, c'est ça ? » Et il s'attendait presque à entendre la voix grave lui répondre.

Lorsqu'il arriva sur place, tout lui sembla différent. Les pierres elles-mêmes avaient disparu sous la glèbe et les herbes.

Il se mit à creuser sans conviction, quand sa pioche heurta un objet dur. « Le Moyen Age, songea-t-il. Au bout de ma pioche. »

Ce n'était qu'une pierre, engluée de terre humide, une simple pierre qui présentait un côté plat. « A quoi bon chercher encore ? se dit-il. Je voulais une pierre venant de la commanderie, et je l'ai trouvée. Je peux m'en retourner. » Le curé Antillac serait content.

Le lendemain, lorsqu'il rencontra Alexandre, il lui raconta l'homme de l'auberge et son expédition.

– C'est un passionné d'histoire lui aussi, je tenais à ce qu'il te rencontre, on ne sait jamais ; si tu reviens au printemps prochain...

– Je n'en sais rien... Regardez la pierre que j'ai trouvée !

– Elle t'attendait depuis des siècles !

– Vous avez l'air fatigué, Alexandre, quelque chose ne va pas ?

– Si j'avais ton âge, je serais en meilleure forme, dit-il d'un air amusé. Il est temps que j'arrête ce travail.

Pierre se demanda quel âge pouvait bien avoir son ami. Avec cette barbe, cette tignasse, c'était impossible à deviner.

– Nous risquons d'avoir quelques flocons de neige début octobre, dit Alexandre. Heureusement nous descendons le samedi 5.

– Pour nous ce sera le 4. Je vais retrouver Anselmine, les Bastides hautes. J'ai peur qu'elles n'aient même pas remarqué mon absence.

– Nous ne sommes pas indispensables, seulement utiles. Tu vas retrouver ton hameau qui se prépare pour l'hiver. J'ai ressenti ce trouble les premières fois. Tu pars à la veille du printemps et tu reviens après l'été, sans avoir bénéficié de la métamorphose de la nature. Ici, ce n'est que pâtures et landes vertes, on finirait par oublier les arbres fruitiers en fleur. On deviendrait facilement des sauvages !

ajouta-t-il en riant aux éclats. Regarde ce que je suis devenu !

« Ce qui veut dire qu'il ne l'était pas ! » pensa Pierre.

Depuis quelque temps, les traites matinales devaient s'accommoder d'un vent glacé mêlé de pluie, quelquefois de neige. Les brouillards happaient les distances, une partie de la montagne.

Le désir de descendre s'était emparé des hommes et des bêtes, semblable à celui qui en mai les avait poussés vers les hautes terres.

Certains matins, on enfilait en grelottant les vêtements encore mouillés de la veille, et il fallait se graisser les mains pour éviter les gerçures.

Le tintement des clarines rappelait aux hommes l'impatience des troupeaux.

Il était temps.

# 9

Pierre enfila ses bragues de buronnier pour la dernière fois, à la lueur de la lampe électrique.

« Dernier jour », se dit-il. Il se vêtait de ses habits les plus propres, pour resurgir à la civilisation.

Cornélius Dabourial et ses aides, comme à la montée, avaient préparé le matériel la veille et dormi au buron.

Ils prirent le premier café noir ensemble. Le patron paraissait satisfait de la saison, la production avait été bonne et, à n'en pas douter, lui assurerait de confortables revenus.

Les lampes jetaient une dernière lueur sur le décor, et les ombres voyageaient en bandes inquiétantes, cernées par la nuit.

Le crémier, avant le lever du jour, emporterait la crème et le lait de la maigre traite matinale.

Sylvestre n'était pas monté. Il n'était pas venu donner la main, et Dabourial lui avait trouvé des excuses.

Une camionnette supplémentaire emportait poules, cochons et divers matériels dont les effets personnels des hommes. Dans un sac de jute, une pierre lourde bringuebalait entre des objets usuels.

Puis on prit grand soin des jeunes fourmes, serrées les unes contre les autres.

Le Buron prenait ses quartiers d'hiver.

Aux premières lueurs de l'aube, la vacherie se mit en route dans l'air glacé.

La dévallade commençait. L'adieu à la montagne.

Pierre ouvrait la route, cette fois dans son rôle de maître du troupeau.

Soudain, quelques centaines de mètres après le départ, une silhouette apparut sur le bord du chemin, la cape claquant au vent... Alexandre ! Le troupeau pressé ne leur laissa que le temps de s'étreindre. Longuement. Sans un mot. Puis sur un geste de la main, leurs routes se séparèrent. Pierre inspira très fort, la gorge bloquée par l'émotion. Sans se retourner, il leva le bras une dernière fois. Alexandre le suivait des yeux, il en était sûr.

Les sonnailles tintaient de tout leur bronze. Le long de la route, les pâturages avaient pris une allure de chiffons usés, râpés.

Anselmine..., répétait Pierre. Et le mot scandait sa marche. Elle était au bout de son chemin, comme un trophée.

Lorsque le train quitta la gare d'Allanche, Adrien Bruyeras vint féliciter son pâtre.

– Tu t'es débrouillé comme un ancien, et très sérieusement. Tous mes compliments, pastoureau.

Pierre répondit par un merci plein de gratitude, fier en son âme d'avoir ainsi traversé l'épreuve.

Au terminus ferroviaire, hommes et bêtes entamèrent la dernière marche.

Les Aurillacois, toujours friands du spectacle, saluaient le défilé des troupeaux avec des encouragements enthousiastes.

L'éclat de la ville replongeait les hommes dans une réalité oubliée.

Le hameau apparut enfin.

Devant la maison d'Anselmine, Mme Bruyeras salua les arrivants d'un grand geste de la main. Une onde de panique submergea Pierre. Elle était seule. Où était Anselmine ? Il tenta aussitôt de se rassurer. Elle devait travailler, n'avait pas pu se libérer... mais en scrutant la fenêtre dont il avait rêvé depuis des mois, il sut que quelque chose clochait. Elle devrait être là, à l'attendre, et il sentit les larmes brûler...

Il fallait donner le change. A tout prix.

Après avoir clos les bêtes dans le pré, les hommes se groupèrent autour de la table des Dabourial. Marie-Louise s'était éloignée, à la fois lointaine et provocante, égale à elle-même. Quant à Sylvestre, il salua Pierre du bout des lèvres. « Charmante famille », se dit Pierre en s'asseyant.

Cornélius Dabourial s'adressait à lui :

– Alors, pastoureau, tu es satisfait de ton estive ?

– Demandez à M. Bruyeras, dit-il.

– Tu as été sérieux, insista Cornélius. Je t'emmènerai sans doute à la foire de la Saint-Martin, le 14 novembre à Aurillac. Tu apprendras comment on négocie les fourmes et les animaux. Quant à vous, vacher, vous connaissez toutes les foires, celle de Salers, celle de Riom, sans oublier celle d'Allanche, et vous avez remporté bien des prix et des médailles avec Martinien.

– Vous avez raison, monsieur Dabourial. Il faut lui donner des responsabilités, c'est un futur vacher que vous avez là !

Marie-Louise pouffa de rire et Pierre prit des couleurs. Elle se moquait ouvertement de lui. Sylvestre lui fit signe de se contenir.

Pierre sentit son cœur s'accélérer. Que se passait-il, ici ? Il faillit se lever et quitter la pièce. Seule la politesse l'en empêcha. La conversation sur les foires rebondit de plus belle, mais lui n'entendait plus rien. Il avait hâte d'en finir avec cette journée, avec la traite, avec les travaux de la ferme. Il avait hâte de se retrouver seul et de se laisser aller à son angoisse. Avant tout : retrouver Anselmine et lui parler. Il voulait d'abord se rassurer. Tout ce qu'elle dirait, il le croirait. Et un frisson de peur le secoua.

Immuable, le travail reprit son rythme. Le vacher emprésurait, pressait, etc. La fabrication du fromage, bien que réduite, continuait à la ferme. Le boutillier aidait et le pâtre s'occupait des bêtes...

Le grand espoir du retour aboutissait à reprendre une vie égale, avec l'avantage de se sentir chez soi.

Pierre rejoignit sa maison après une longue et épuisante journée.

La nuit s'était déjà posée sur les Échappes, et quand il passa devant chez Anselmine, tout était fermé, portes et volets clos. Un véritable désespoir l'étreignit. Il avait songé qu'en dernier ressort elle l'attendrait là, qu'il pourrait la serrer dans ses bras... Il resta planté dans sa douleur, le sac sur le dos.

Alors il voulut rentrer chez lui, se réfugier dans les bras de sa grand-mère, et il se mit à courir à en perdre le souffle.

La veille dame guettait son arrivée. Elle l'embrassa, le fit parler, raconter, le régala de ses plats préférés.

Ils parlèrent fort tard dans la nuit. Et avec précaution, elle finit par lui avouer que ces temps derniers, Anselmine ne lui avait plus rendu visite.

Une sorte de fièvre agita Pierre. Il pressa sa grand-mère de questions.

– T'es-tu aperçue de quelque chose ? Mamanie, dis-moi la vérité.

Elle faisait non de la tête, avec tristesse.

Il retrouva sa chambre, se coucha, et écouta la nuit égrener ses heures.

Le lendemain, pâle de fatigue, il osa demander à M. Bruyeras :

– Anselmine va bien ?

– Elle est un peu fatiguée ces temps-ci, c'est ce que m'a confirmé ma femme. Mais tu vas sans doute la voir ce soir ?

– J'espère bien, oui, j'espère bien, répondit-il, mais il n'en fut pas rassuré pour autant.

Il se remit au travail. Pour lui, rien n'était plus comme avant dans cette ferme des Échappes.

A la fin de la journée, il s'empressa d'aller attendre Anselmine à la sortie de son travail. Son cœur battait à lui en faire mal.

Il la vit. Et comprit qu'elle n'était plus la même.

– Anselmine..., dit-il en l'approchant. Anselmine... Qu'est-ce qui ne va pas ?

– Pierre, dit-elle en évitant son regard, je crois que nous deux, c'est allé un peu trop vite, je ne sais pas comment t'expliquer mais...

– Un peu vite ? Nous deux ?

Il ne comprenait plus les mots, leur sens lui échappait.

– C'est plus compliqué, ne m'en veux pas mais il vaudrait mieux que...

Pierre ne put se contrôler :

– Il y a quelqu'un d'autre ? N'est-ce pas ? Réponds-moi ! Tu ne veux plus de moi, c'est ça ? J'ai le droit de savoir !

Elle ne bougeait pas, les larmes coulaient de ses yeux qui ne regardaient plus Pierre. Il la saisit et brusquement la secoua :

– Dis-moi ce qui se passe, Anselmine, dis-moi, je t'en prie !

– Non, Pierre, tu ne sauras pas. Excuse-moi, nous ne pouvons plus rester ensemble, tu n'y es pour rien. Non, tu n'y es pour rien, c'est tout ce que je peux te dire.

– Tu m'as trompé ? C'est ça ?

– Au revoir, Pierre, pardonne-moi.

Ce furent ses derniers mots avant qu'elle ne s'enfuie vers sa maison.

Pierre serra les poings, cloué de douleur. De douleur et d'incompréhension.

Lorsqu'il poussa la porte de chez lui, sa grand-mère comprit qu'il se passait quelque chose de grave.

Il s'assit et demeura perdu un long moment.

– Ce n'est pas possible, articula-t-il enfin. Ce n'est pas possible qu'elle ne veuille plus de moi. Mamanie, je t'en prie, tu ne sais vraiment rien ?

– Rien, mon petit. Mais je suis sûre que ça va s'arranger, calme-toi.

– Mon Dieu, je l'aime tellement...

Les larmes roulaient sur ses joues, sans qu'il en prenne conscience. Et la grand-mère sentait son cœur se déchirer.

Le dimanche matin, Pierre se rendit à son travail à 7 heures, pour la traite. On s'adaptait aux horaires d'hiver. Il ne reviendrait ensuite que pour la traite du soir. Le reste de la journée lui appartenait.

Adrien Bruyeras s'adressa à lui comme d'habitude, Pierre en conclut qu'il n'était au courant de rien.

En fin de matinée, sans un mot, il s'était installé près de la cheminée.

Mamanie se tourmentait. Elle savait qu'il n'y a guère de remède à ces maux-là.

– Va te promener un peu sur la place, finit-elle par lui dire. Tu y retrouveras bien quelques copains, faut pas rester ainsi à ruminer.

Il ne bougeait pas, et elle se demanda s'il avait entendu.

– Tu as raison, se décida-t-il tout à coup.

Il se leva, s'habilla, et sortit comme un fantôme. Une idée germait dans son esprit. Il fallait qu'il sache. Il en allait de leur avenir. Tout cela cachait quelque chose de laid, et tout en marchant il songea brusquement à Marie-Louise. Qu'avait-elle fait ? Était-elle derrière son malheur ? auquel cas il s'occuperait personnellement d'elle. Il trouvait en lui des ressources inconnues. Si on touchait à ce qu'il aimait, il lui appartenait de le défendre.

La sortie de la messe avait eu lieu, et comme d'habitude, on discutait. Il ne voyait Anselmine nulle part.

Des amis s'approchèrent, lui demandèrent des nouvelles de sa santé, d'autres comment il avait vécu dans les montagnes. Le curé vint le saluer et Pierre lui dit ce qu'il avait ramené, une infime partie de l'histoire des Hospitaliers.

– Je suis content que tu ailles bien, il faudra qu'un de ces soirs, nous discutions de notre affaire, je crois que tu en sais plus que moi, non ?

Pierre réussit à sourire.

– J'essaierai de me rappeler tout ce que j'ai appris là-haut.

– Anselmine va bien ?

– Ça va, répondit-il.

Le curé n'insista pas, le salua et s'éloigna.

Pierre regarda autour de lui, comme pour y puiser un indice. Un visage retint tout à coup son attention. Félix Chaval, le fameux Félix à la langue trop longue.

Sans hésiter, il se dirigea vers lui.

– Tu vas bien, Félix ?

– Ouais, ouais, ça va et toi ?

– Tu as un drôle d'air, tu veux me dire quelque chose ?

– Non, rien, y a rien, mais t'es tout seul ? ajouta-t-il en souriant.

– Pour le moment oui, comme tu vois.

Et Félix s'esquiva avec un mauvais sourire.

Mais Félix avait quelques problèmes psychologiques, tout le village le savait.

Dans la semaine qui suivit, Pierre se crut entré en enfer. Un désespoir sec, aigu, le torturait nuit et jour. Autour de lui, on se posait des questions, sa grand-mère ne vivait plus, convaincue que son garçon pouvait tomber malade d'un jour à l'autre.

Un matin, Bruyeras vint vers lui, l'air embarrassé.

– Anselmine et toi avez brouillé les cartes, on dirait...

Pierre se tut. La formule avait failli le faire ricaner. Douloureusement.

Le vacher hocha la tête d'un air grave.

– Avec les filles, tu sais, c'est pas toujours simple. Il faut souvent du temps, sois patient, pastoureau, sois patient.

En réalité, Adrien s'inquiétait. Il voyait à quel point le petit avait changé. Lorsqu'il avait interrogé sa fille, elle avait refusé de répondre.

Le pire, pour Pierre, se déroulait à la table des Dabourial. Sylvestre se permettait de le rudoyer, et lui ne le tolérerait plus longtemps. Qu'avait-il à perdre, désormais ?

C'est au hasard du chemin, un soir, que Pierre rencontra Félix.

– Ça va, Félix ?

– Moi ça va, mais pas toi, et moi je sais pourquoi !

Pierre prit le temps de s'arrêter, pour lui faire répéter.

– Tu sais ? Et tu sais quoi, Félix ?

– Je sais parce que moi j'ai vu des choses !

Pierre dut se maîtriser pour ne pas le secouer comme un cocotier.

– Tu as vu quoi, Félix ? Tu peux me le dire ?

– Tu vas pas être content... Mais je l'ai dit à personne, c'est un secret.

– Félix, je ne t'ai jamais fait de mal, n'est-ce pas ? Et Anselmine t'aime bien, elle t'a toujours défendu, alors si tu sais quelque chose... C'est à propos d'Anselmine ?

Félix fit oui de la tête, avec force.

Pierre reprit son souffle. Il allait savoir.

– Félix, tu peux avoir confiance. Dis-moi ton secret.

Félix jeta un regard traqué autour de lui, puis il souffla tout à trac :

– Je les ai vus tous les deux avec Sylvestre...

– Ce sont des camarades, Félix.

– Alors pourquoi il lui faisait ça, hein ? Même qu'elle se débattait et qu'elle criait ! Mais lui il était plus fort ! C'est pas des camarades !

Pierre sentit le monde vaciller. Les yeux de Félix s'accrochaient aux siens.

– T'es pas en colère, hein Pierre ? Tu m'en veux pas ?

– Non mon vieux, au contraire. Tu nous rends un grand service à tous les deux. Mais continue de garder le secret. Ne le dis à personne. C'est promis ?

Félix secoua vivement la tête.

– Oui, c'est promis-promis.

– C'est bien. Rentre chez toi, Félix. Je te remercie.

Félix s'éloigna en lui faisant de grands signes heureux.

Pierre s'assit au bord du chemin. Une sorte de roulis soulevait le sol, et il dut attendre que tout se calme, que sa nausée recule, remplacée par une fureur qui, étrangement, le glaçait d'une détermination qu'il ne se connaissait pas. En premier lieu, il lui fallait rencontrer Anselmine, lui dire à quel point il l'aimait, à quel point il désirait l'aider. Ensuite, rendre une petite visite à ce cher Sylvestre.

Il se leva d'un bond.

Il parvint chez les Bruyeras et entra sans frapper. Anselmine et sa mère étaient assises devant la table. Elles se levèrent d'un même mouvement.

– Pardon, dit Pierre, mais je dois parler à Anselmine.

La mère voulut se retirer mais sa fille la retint par la main.

– Reste, maman, reste ! dit-elle, toute pâle.

Pierre, les yeux exorbités, lâcha sans ménagement :

– Il t'a violée ?

Mme Bruyeras eut un violent haut-le-corps et recula d'un pas.

Anselmine resta figée.

– Réponds-moi, Anselmine, il t'a violée : oui ou non ?

Après des minutes d'un silence effrayant :

– Oui, souffla-t-elle.

Et soudain, avec violence :

– Oui maman, il l'a fait !

Et elle s'écroula en sanglots dans les bras de sa mère.

Le visage crispé de Pierre était devenu blême.

– Ça s'est passé quand ?

– Une dizaine de jours après son arrivée. Marie-Louise m'a piégée, et...

Pierre en avait assez entendu. Il sortit sans un mot.

– C'est de ma faute, maman, sanglotait Anselmine. C'est de ma faute !

Pierre marchait en direction de chez Dabourial. Rien n'aurait pu l'arrêter. Il ne sentait même plus la fureur. Il avait un but, et marchait vers ce but.

Il entra dans la pièce principale où se trouvait Marie-Louise. Il la saisit par le col, la souleva de sa chaise et fit pleuvoir deux gifles monstrueuses qui l'envoyèrent rouler au sol. A demi assommée, elle voulut crier mais il leva de nouveau la main :

– Où est ton frère, sale garce ? demanda-t-il avec un calme meurtrier. Où est ton salaud de frère ?

Muette de terreur, elle tendit le bras, lui indiqua le hangar.

Pierre n'entendit pas sonner la demie de huit heures. Il sortit, aperçut Sylvestre sur le siège du tracteur.

Il marcha vers lui, le saisit par ses vêtements et le fit dégringoler de l'engin.

– T'es dingue ! hurla l'autre. Qu'est-ce que tu veux ?

– Tu oses me poser la question ? Anselmine, ça ne te dit rien, dis, fumier ?

Sylvestre perdit brutalement ses belles couleurs.

– C'était juste pour s'amuser un peu, Marie-Louise m'avait dit que...

Pierre n'écoutait plus, il cognait, et l'autre répondait, un règlement de compte de fauves... Sylvestre avait les lèvres éclatées et une arcade ouverte d'où pissait le sang. Pierre ne valait guère mieux mais il ne lâchait pas. Il tenait le cou de son adversaire à bout de bras et serrait, serrait... L'autre se débattait sauvagement, étouffait en cherchant l'air...

A cet instant, venu du profond de sa conscience, un ordre s'imposa à Pierre, un ordre bref, qui lui fit lâcher prise. Il se releva, en titubant, les vêtements et le visage en sang, et s'en alla sans se retourner.

Sylvestre avait roulé sur le sol, il se tenait la gorge à deux mains, suffoquant mais étonné de vivre encore. Il se releva et, les bras en croix, essaya de retrouver ses esprits.

Une tempête de vent se leva tandis que Pierre rentrait chez lui. En chemin il croisa quelques personnes qui le regardèrent passer, affolées. Quelqu'un lui cria :

– On a voulu te tuer ou tu as tué quelqu'un ?

– J'ai réglé mes affaires, répondit-il.

Lorsqu'il rentra chez lui, sa grand-mère faillit s'évanouir. Même ses bottes étaient déchirées.

– Mon Dieu, gémit-elle, qu'as-tu fait, mon petit ?

– Rassure-toi, rien d'autre que régler une affaire d'homme.

Et quelque chose d'étrange brillait dans son regard.

– De quoi parles-tu ?

– Mamanie, Sylvestre a violé Anselmine. On s'est battus et j'aurais dû le tuer. J'aurais dû le faire.

La vieille dame enfouit son visage dans ses mains.

– Et on t'a vu comme ça, tu as rencontré des personnes ?

– Oui, je n'ai pas à me cacher, moi. Ce n'est pas moi le criminel !

– Comment parles-tu, Pierre ? Mon Dieu, quelle honte, quelle honte sur nous tous !

Mme Lesentier, effondrée, s'activait à panser les blessures du garçon.

Mais elle voyait nettement une ombre, immense, s'avancer sur leurs vies.

# 10

On frappa à la porte de Mme Lesentier. Pressentant à coup sûr un malheur, elle trottina vers la porte.

Elle regarda, sans voix, les gendarmes qui attendaient.

– Bonjour, madame. Pierre Cassagnoux est-il ici ?

– Oui, messieurs, il est là-haut. Je suis sa grand-mère, que lui voulez-vous ?

– Nous voulons le voir, s'il vous plaît.

Elle appela Pierre d'une voix inquiète, une voix qui tremblait. Son regard ne quittait pas l'escalier. Dès qu'il apparut elle dit :

– Ces messieurs te demandent, en s'accrochant à son bras.

– Vous êtes Pierre Cassagnoux ?

– Oui.

– Vous vous êtes battu avec Sylvestre Dabourial ?

Pierre, le visage décoré de pansements, répondit en souriant :

– Oui, messieurs. Il a osé porter plainte ?

– Veuillez nous suivre s'il vous plaît !

Pierre ne montrait aucune crainte. Il embrassa sa grand-mère et lui dit :

– Ne t'en fais pas, Mamanie, ce sera vite réglé.

Deux gendarmes l'encadrèrent, le saisirent, et le conduisirent dans le fourgon. Déjà, un attroupement se formait sur la petite place du village.

Le véhicule disparut et Mme Lesentier ferma sa porte à clef, avant de s'effondrer en larmes.

Cornélius Dabourial déboula chez elle comme un fou, hurlant si fort que Mme Lesentier se protégea les oreilles de ses mains.

– Vous avez assassiné mon fils ! Dire que je lui faisais confiance, à ce voyou ! Mais je vais le tuer, vous m'entendez ? Je vais le tuer de mes propres mains ! Où est-il ?

De la place, quelques personnes accoururent pour protéger la vieille dame du fou furieux.

– Mais que se passe-t-il, monsieur Dabourial ?

– Il a tué mon fils, il a tué Sylvestre !

Les gens se regardaient, incrédules, et Dabourial répétait :

– Il a tué mon fils ! Il l'a tué tout à l'heure ! Mais il va le payer de sa vie, je le jure devant tous !

– Les gendarmes l'ont emmené.

– J'attendrai le temps qu'il faudra, mais il paiera, ce salaud, cet assassin !

– Comment savez-vous que c'est Pierre qui a fait ça ? demanda quelqu'un.

– Il a frappé ma fille pour lui faire avouer où était Sylvestre, et quand on a retrouvé mon fils, il était mort. Tout le monde a vu Pierre couvert de sang ! hurlait-il. Tout le monde l'a vu !

Pierre subit l'interrogatoire à la gendarmerie d'Aurillac. On lui demanda pourquoi il s'était battu avec Sylvestre. Et il répéta une fois de plus :

– Il le méritait ! Si c'était à refaire, je le referais !

Mais tout se brouilla dans sa tête quand on lui annonça que Sylvestre était mort. Il se souvenait nettement de l'avoir épargné au dernier moment.

– Je ne l'ai pas tué, affirmait-il avec force.

Puis il revoyait Anselmine possédée par l'ignoble Sylvestre, et il s'écriait :

– J'ai bien fait de l'étrangler, il ne méritait pas autre chose !

– Vous l'avez étranglé ?

– Oui, je l'ai étranglé de mes mains, tout le reste n'a plus d'importance, mettez-moi en prison, ou tuez-moi si vous voulez ! Ma vie n'a plus d'importance.

Ses déclarations contenaient une suite d'incohérences qui intriguèrent les gendarmes. D'autre part, la médecine légale n'avait pas encore livré son rapport.

Aux Bastides hautes, on ne parlait que du drame. Chez Bruyeras, on ne sortait plus, Anselmine n'ouvrait plus ses volets. A la ferme des Dabourial, Cornélius hurlait de douleur, jurait de tout abandonner, et Mme Dabourial semblait avoir perdu la raison.

Marie-Louise pleurait son frère. Martinien Deforte et Adrien Bruyeras assuraient leur travail sans un mot. Les bêtes, elles, continuaient d'appeler leurs soins.

Au pays, on pouvait voir les gendarmes enquêter chez les uns et chez les autres.

Le corps de Sylvestre fut rendu à sa famille. On le veilla jusqu'au lendemain.

Le jour des obsèques, l'église des Bastides accueillit une foule énorme.

Mme Lesentier n'ouvrit pas ses volets, ne sortit pas de sa maison. Lorsque le glas se fit entendre, son cœur faillit s'arrêter.

– Mon pauvre enfant, qu'as-tu fait mon pauvre petit ? répétait-elle sans fin.

Le curé Antillac, dans son homélie, invita les fidèles à prier pour le repos de l'âme de Sylvestre. Et il ajouta :

– Que Dieu soutienne aussi Pierre dans cette douloureuse situation.

Les jours passaient.

La justice savait dorénavant que Sylvestre n'était pas mort d'un étranglement, mais d'un coup violent à la tête... L'enquête traînait et les gendarmes revenaient vérifier les procès-verbaux et les alibis.

Mme Bruyeras se rendait chez Mme Lesentier, pour essayer de la réconforter. Elles savaient toutes deux ce qui était arrivé à la petite.

– Pierre n'est pas un criminel, je peux le jurer devant Dieu, disait la grand-mère.

– La justice trouvera le coupable, mais en attendant, il faut vivre, vivre pour ces deux-là qui sont seuls. Anselmine ne parle plus. Elle vient tout juste de reprendre son travail, elle est pâle à faire peur. Mon Dieu, quelle affaire, elle se culpabilise sans cesse.

– Si Pierre reste en prison, je crois que j'en mourrai !

– Qui aurait pensé que le Sylvestre aurait pu commettre cette folie sur ma fille, des amis d'enfance !

Puis la nouvelle tomba : Pierre était accusé de meurtre. Il passerait en jugement.

Il ne se battait plus. Il avait accepté son sort. Il serait jugé et condamné. Parfois il pensait aux estives, à Alexandre, à ce temps vécu loin de son cher amour. Et à cette journée bénie où Anselmine lui avait rendu visite. Non, il ne l'oublierait jamais.

Aux Échappes, Cornélius Dabourial parlait de vendre sa ferme. A quoi bon travailler quand personne n'est là pour reprendre l'affaire de famille ? Déjà, il négociait une partie de son troupeau, il n'y aurait plus d'estive.

En mars, Bruyeras trouva un autre employeur.

Martinien resta seul à la ferme pour s'occuper des bêtes.

Dans la contrée autrefois baignée de bonheurs simples, d'habitudes et de traditions, la vie avait basculé.

Un autre événement s'annonçait, que personne ne voulait voir. Anselmine se préparait à la naissance de son enfant. Elle, l'amie du meurtrier, avait été mise à l'écart de la société. L'affaire de viol avait été gardée secrète par les Bruyeras et Mme Lesentier. Anselmine se sentait trop meurtrie, trop rejetée pour porter plainte.

Dans sa cellule, interdit de visite, Pierre n'allait pas bien. Le regain de santé dont il avait bénéficié à la montagne s'amenuisait à vue d'œil. Son teint devenait pâle, ses yeux cernés et fiévreux.

Il demanda à rencontrer l'abbé Antillac. Une autorisation exceptionnelle de quelques minutes lui fut accordée, en présence d'une autorité de justice.

Lorsque le prêtre entra, vêtu de sa soutane qui le rendait plus grand et plus mince encore, Pierre, pour la première fois depuis longtemps, réussit à sourire.

Séparés par le grillage du parloir, ils se regardaient avec tristesse. Puis le curé lui dit :

– Anselmine va bien, je te rassure, ta grand-mère aussi.

Pierre fondit en larmes, incapable de prononcer un mot.

– Au sujet de la pierre que tu m'as ramenée de Vernols, je l'ai déposée auprès de la statue de saint Antoine et je lui jette un coup d'œil chaque jour... Je prie pour toi, Pierre, personne ne t'abandonne au pays...

Il ajouta d'autres mots aussi simples que les précédents, avec douceur et tendresse.

Le gardien fit un signe. Le temps de visite était écoulé. Pierre tendit la main, réussit à frôler celle du prêtre, comme un adieu.

Chaque jour, Pierre allait un peu plus mal. On dut l'hospitaliser, sous la garde des gendarmes, puis on le ramena en prison. Son avocat lui annonça une date pour le procès. Dans huit mois. Il ne tiendrait pas jusque-là, il le savait.

Parfois sa pensée l'entraînait près d'Allanche, au Buron des Sources. « Jamais je ne reverrai Alexandre. Où est-il maintenant ? » Il aurait aimé lui raconter la fin de son histoire. Puis il revoyait le bal des Bastides où il avait déclaré son amour à Anselmine, sa chère Anselmine qu'il aimait et dont il ne reverrait jamais le visage, les yeux, le sourire... Alors oui, il acceptait de mourir.

Les chaudes journées de juin pesaient sur la campagne, et les fenaisons s'avançaient vers les prairies des Échappes. Le fermier et Martinien entretenaient la ferme, désormais sans troupeau. Plus d'estive, plus de fabrication de fromage. La maison périclitait, et Cornélius, de plus en plus souvent, accompagnait Martinien au bistrot.

Marie-Louise, quant à elle, accomplissait ce qu'elle savait faire de mieux : elle continuait d'exciter Martinien, et de le rendre fou.

Un matin, Martinien Deforte s'habilla comme pour se rendre à un enterrement, et quitta les Échappes pour prendre l'autobus qui, deux fois par semaine, conduisait à Aurillac. Il n'avait prévenu personne.

Il entra dans la gendarmerie, et demanda à parler à l'officier.

On enregistra sa déposition. Après quoi, un fourgon de gendarmerie le ramena aux Échappes.

A nouveau, les uniformes prirent possession de la ferme, du hangar où s'était déroulé le drame. Martinien expliquait ce qu'il avait vu, ce qu'il n'avait jamais révélé à cause de Marie-Louise, et aussi de crainte d'être pris pour le coupable.

Mme Dabourial choisit ce moment pour approcher, intriguée par le va-et-vient des hommes en uniforme.

Personne n'avait déplacé ni les planches ni les poutres dressées contre le hangar, et qui auraient dû servir à la réparation d'une grange. Martinien coucha sur le sol une poutre qui avait été cachée sous les autres.

– Là, dit-il. Vous voyez, il y a encore des traces de sang et même des cheveux, ils sont restés collés.

– Qui nous prouve, commença l'officier, que ce n'est pas vous qui...

– Je n'avais rien contre Sylvestre, même s'il méprisait le personnel, non, je n'avais rien contre lui.

– On sait bien que c'est Cassagnoux qui a fait le coup ! hurla Dabourial qui venait d'apparaître.

Afin d'éviter tout nouvel incident, les gendarmes reconduisirent Martinien à la gendarmerie, où il resta une nuit sous l'inculpation de faux témoignage.

Mais, même tardive, sa déposition venait de sauver Pierre.

L'âme enfin libérée, Martinien retourna aux Échappes où il occupait sa chambre de vieux garçon.

Cette fois, les gendarmes revinrent questionner Marie-Louise...

Quelques jours plus tard, on libéra Pierre Cassagnoux.

C'est dans une chambre de l'hôpital d'Aurillac que sa grand-mère, en larmes, le retrouva au bord de l'inconscience.

Anselmine vint la rejoindre, et toutes deux, à son

chevet, attendaient qu'il revienne à ce monde. Dans ses délires, il ne cessait d'appeler Anselmine, suppliait les Frères Antonins de la protéger, demandait sa Mamanie, et racontait ses malheurs à un certain Alexandre...

– Ne vous inquiétez pas, dit une infirmière. c'est très impressionnant mais tout va s'arranger, c'est la fièvre.

Anselmine lui prenait la main, essuyait son visage.

– Je suis là, Pierre, je suis là.

L'infirmière les rassurait de son mieux.

– Son état s'améliore, mais il est faible. Il s'en sortira, il est jeune.

– Ils ont failli me le tuer ! se révolta Mme Lesentier.

Lorsque la porte s'ouvrit, les deux femmes suivirent des yeux l'homme élégant, aux cheveux gris et à la petite moustache, qui ne portait pas de blouse blanche, ce qui les intrigua. Il les salua d'un signe de tête, s'approcha du malade, et posa sa main sur la sienne, affectueusement.

– Dans quelque temps, dit-il aux deux femmes, tout ira bien, rassurez-vous.

Il allait se retirer lorsque son regard s'arrêta sur la plus jeune.

– Vous êtes Anselmine, n'est-ce pas ?

– Oui, mais vous, qui êtes-vous, monsieur ?

Pour toute réponse, il posa la main sur son épaule, lui sourit et prit congé.

– C'est sans doute un nouveau docteur, supposa Mamanie.

Le temps travaillait pour Pierre.

Un matin, après une nuit agitée, il reconnut sa grand-mère, puis Anselmine dont il ne lâcha plus la main.

Elle lui raconta la démarche du boutillier, sans entrer dans les détails.

Quelques jours plus tard, Martinien vint lui rendre visite, pour lui demander pardon de s'être si mal conduit.

– Que s'est-il passé exactement ? demanda-t-il.

– Ce jour-là, rappelle-toi, au moment de votre bagarre, il est arrivé une tempête de vent terrible, à décorner les bœufs.

– Je me souviens de ce vent, en effet.

– Au fond du hangar, la porte était ouverte en grand, Sylvestre l'avait pas refermée, il voulait peut-être sortir le tracteur par là... Moi, je suis arrivé quand tu partais. Sylvestre s'est relevé, il zigzaguait. Au moment où il a voulu entrer dans le hangar, le vent a ouvert tout grand le battant de droite. Pour l'éviter, il s'est appuyé sur les poutres qui étaient là et elles sont tombées. Il a perdu l'équilibre, et la plus lourde lui a fracassé le crâne.

– Il a été tué sur le coup ?

– Oui, quand j'ai soulevé la poutre, il respirait plus. J'ai couru à la ferme pour raconter ce qui était arrivé, mais Marie-Louise m'a dit de me taire. Je suis retourné là-bas et j'ai redressé les poutres. Tu étais le coupable parfait. Elle se vengeait de toi. Tu avais raison, c'est une créature du diable !

– Martinien, je vous remercie, mais vous avez bien tardé à parler !

– Je te demande pardon. A la fin, je pouvais plus me supporter, je pouvais plus vivre ! On m'a laissé en liberté provisoire, en attendant que le tribunal conclut à l'accident.

En couvant son garçon qui revenait à la vie, la grand-mère renaissait elle-même. Son regard retrouva le pétillement qui la gardait droite.

Anselmine, en revanche, conservait les traces des mois d'épreuve. Sur son visage émacié, la vie ternissait.

– Après-demain, je t'apporterai un cadeau, souffla-t-elle à Pierre.

– Pourquoi après-demain ?

– Parce que je ne peux pas venir tous les jours, et qu'après-demain c'est dimanche, c'est tout simple !

Il la serra contre lui.

– Tu te souviens de notre journée au buron ?

– Je suis venue au buron, moi ? dit-elle sans rire. J'avais complètement oublié.

– Je reste là, dit la grand-mère. J'attends ici. N'aie pas peur, tout va bien se passer.

Anselmine prit une profonde inspiration, puis frappa à la porte.

– Entrez !

Son cœur s'emportait. Elle serra contre elle son fardeau, et en souriant s'approcha du lit.

Pierre ne comprenait pas. Il regardait son aimée, les bras chargés de ce qui ne pouvait être qu'un... un bébé !

Il ouvrit la bouche, mais l'interrogea des yeux... Elle pencha l'enfant vers lui, et il découvrit les cheveux noirs, le regard sombre.

– Ton fils, murmura-t-elle. C'est l'enfant du buron.

Sous le choc de l'émotion, Pierre ferma les yeux.

– Notre fils ? répéta-t-il.

– Oui, je n'ai pas pu oublier, tu vois.

Avec précaution, il reçut l'enfant dans ses bras, et le posa contre sa poitrine.

– Mon petit, mon pitiou, dire que j'ai failli ne pas te connaître. Anselmine, mon amour, tu as traversé tout ça sans moi, toute seule... Comment... comment l'as-tu appelé ?

– Antoine ! Tu m'as tellement parlé de saint

Antoine, dans tes histoires, que j'ai pensé que ça te ferait plaisir. Il est né le 30 avril.

– Mais pourquoi ne m'a-t-on rien dit ? Pourquoi ? Et Mamanie, elle sait ?

– Elle attend derrière la porte, elle a voulu nous laisser seuls.

– Mamanie ! Mamanie ! Entre vite, cria-t-il. Je me sens guérir à vue d'œil. J'ai un fils ! Quand rentre ton père, Anselmine ?

– Vers le 5 ou 6 octobre, je crois.

– J'espère qu'il est heureux d'être grand-père.

# 11

Pierre Cassagnoux observait la place des Bastides hautes, appuyé au montant de la porte d'entrée.

– Voilà deux années que je n'ai pas vu le printemps d'ici, Mamanie, ni fleurir les arbres fruitiers... une éternité. En prison, je ne voyais le jour que par un bout de fenêtre, si haut qu'il servait juste à nous signaler que c'était la nuit ou le jour. Dans la cour je ne voyais qu'un bout de ciel. Tu imagines, Mamanie, ce que ça peut être que de se voir privé du ciel ?

– Je ne savais même pas que je le voyais tout entier, dit-elle en riant.

– On ne voit pas grand-chose quand on est libre. Ça, je l'ai appris. Maintenant, j'apprécie la vie autrement. Et puis il y a mon petit... Je dois penser à tout. D'abord, le reconnaître légalement, ce sera fait très vite. Et puis reconstruire ma vie. Trouver du travail.

Elle ne répondait pas, redoutait la suite.

– Mamanie, il va falloir que je m'en aille. Je ne

trouverai pas de travail ici. J'ai beau retourner le problème dans tous les sens... Si j'allais à Paris ?

– Tout le monde s'en va à Paris, bien sûr, dit-elle avec une cassure dans la voix. On y gagne sa vie, c'est entendu, mais pense au petit et à Anselmine, vous n'êtes pas encore mariés, ça peut compliquer les choses pour se loger.

– Écoute, nous allons préparer Noël, je voudrais que ça se passe ici, chez nous, et on inviterait les Bruyeras, qu'en penses-tu ?

– On essayera de faire ce Noël tous ensemble, j'y tiens autant que toi.

– Merci, Mamanie, dit-il en la serrant bien trop fort dans ses bras. Merci pour tout. Si un jour nous sommes obligés de quitter les Bastides, nous t'emmènerons avec nous...

Il essayait de ne pas penser à tout ce qui les menaçait. Ses ressources et celles de sa grand-mère étaient maigres, la paie de la saison chez Dabourial s'était volatilisée en frais d'avocat et en soins. Le petit Antoine était élevé par sa mère, et les grands-parents étaient mis à contribution. Le ciel de sa vie ressemblait trop au ciel de la prison. Seul l'amour qui l'unissait à Anselmine faisait soleil. Et lui faisait serment de le sauvegarder.

Près du cantou, le sapin brillait de quelques papiers de couleur, des bouts d'ouate, lâchés comme des flocons, se fichaient au bout des épines. Pierre et sa grand-mère attendaient Anselmine et le petit.

Pierre avait repris sa place dans le fauteuil et lisait le journal à haute voix :

– Ils nous annoncent que la neige et le vent font leur entrée officielle en France, tu parles d'une nouvelle ! Tiens : « Arbre de Noël à Matignon ! Le Premier ministre et Mme Georges Pompidou ont offert des cadeaux aux enfants de leur personnel » Certains ont bien de la chance ! Mais chez nous il y aura un cadeau pour Antoine, bien vrai Mamanie ?

Sur la place des Bastides, une voiture se rangea, et un gros homme tout rond en descendit, une mallette à la main. Il se renseigna auprès d'un passant, se dirigea vers la maison de Pierre, et frappa avec énergie.

Pierre alla ouvrir. A la vue de cet homme et de sa mallette, une sourde inquiétude lui noua l'estomac.

– Je voudrais rencontrer Pierre Cassagnoux, annonça-t-il.

– Que lui voulez-vous ? lança Pierre d'un ton agressif.

– C'est vous ? Je voudrais vous parler un instant, monsieur. Si vous voulez bien m'accorder un moment. Je suis notaire à Aurillac, voici ma carte.

Pierre s'effaça pour le laisser entrer.

– Asseyez-vous, je vous en prie.

– Ma visite vous surprend, mais je suis chargé de vous transmettre une proposition.

Pierre s'assit en face de l'homme. Mme Lesentier préféra demeurer debout, en alerte. Un notaire qui se déplaçait ne pouvait qu'annoncer une affaire grave.

Il sortit quelques papiers, ajusta ses lunettes :

– Je suis chargé de vous proposer un travail. C'est une démarche inhabituelle, je le conçois fort bien, mais c'est le cas. La personne commanditaire, si on peut la nommer ainsi, ne veut pas se faire connaître et je respecterai donc son anonymat.

– C'est un traquenard ? l'interrompit Pierre. Je ne ferai rien d'illégal, monsieur.

– Calme-toi, Pierre, intervint la grand-mère. Excusez-le, monsieur, mais il mène une vie bien difficile.

– Vous êtes menuisier et charpentier. Vous étiez un excellent ouvrier, je crois ?

– Oui, mais j'ai dû faire un autre métier, ensuite, j'ai eu des ennuis.

– Nous savons tout cela, reprit le notaire.

Le visage de Pierre se détendit. On connaissait sa situation, voilà qui évitait des explications humiliantes.

– Une personne désire vous confier un énorme travail de restauration d'une maison ancienne, une maison de maître. Pour vous, ceci représente plusieurs années de travail assurées.

Pierre et sa grand-mère échangèrent des regards inquiets.

– Des années de travail ?

– Charpente, planchers, portes et fenêtres, tout est à refaire, il n'y a que les murs à conserver.

– Jamais je ne pourrai y arriver ! Il faut du matériel, des matériaux et une trésorerie solide pour entreprendre. Je n'ai rien. Je suis désolé, je crois que c'est inutile d'aller plus loin, maître.

– Je n'ai pas terminé, jeune homme. Je vous demande d'y réfléchir en ajoutant peut-être le principal. Une très importante avance financière vous sera proposée pour acquérir ce dont vous aurez besoin pour commencer. Je tiens les plans de restauration à votre disposition.

– Vous êtes un vrai ou un faux Père Noël ? s'écria Pierre. C'est une histoire incroyable ! Dites-moi que je ne rêve pas ! Tu as entendu, Mamanie ?

– Tu ne demandes pas où il faut aller pour ce travail ? Il n'existe pas de maison de ce genre ici, je la connaîtrais.

– Madame a raison, reprit le notaire, ce n'est pas ici, il vous faudra quitter les Bastides si vous acceptez, mais vous avez tout le temps pour y réfléchir.

– Peut-on savoir où ?

– Bien sûr, c'est à Allanche.

– Allanche ?

– Ma mission se termine pour aujourd'hui. Nous attendons votre décision, dit-il avec un sourire amical. Je vous rappelle que c'est vous-même qui instruirez tous les devis des travaux et de la mise en œuvre de votre entreprise.

Pierre restait paralysé sur sa chaise.

– S'il vous plaît, puis-je vous poser une dernière question ? Saurai-je un jour le nom de cette personne qui a assez confiance en moi pour me confier...

– Un jour peut-être... Elle seule en décidera.

Le notaire se leva, salua la vieille dame. Pierre le raccompagna, et la porte à peine refermée embrassa sa grand-mère.

– Et si c'était vrai ! cria-t-il. Je cours chercher Anselmine, j'y cours, j'y cours !

Il sortit, traversa la place et disparut au coin de la rue. Mme Lesentier joignit les mains et à haute voix :

– Mon Dieu, faites que ce soit vrai !

En ce 24 décembre, chez Pierre, tous étaient réunis et ne parlaient que de ce projet tombé du ciel. Chacun voulait y croire, même si on dissimulait mal une certaine crainte.

– Allanche ! Te rends-tu compte, Anselmine ? Notre coin de paradis ! Qu'en penses-tu ? Tu t'y vois dans ces landes vertes ? Ce Cézallier immense, avec en plus toutes ces estives ?

– Pour les estives, coupa Adrien Bruyeras, il ne faut plus rêver. J'ai pu changer de patron, mais j'ai appris au cours de l'été que trois burons allaient fermer. Le monde change bien vite.

Anselmine voulait dire le fond de sa pensée :

– Pour Pierre, le moment est venu de prendre une grande décision. C'est une chance, même si...

Pierre se levait, se redressait et annonçait, à la surprise générale :

– Monsieur Bruyeras, je vous demande la main de votre fille Anselmine. Si vous le permettez, nous nous marierons au printemps. D'ici là, je serai peut-être patron !

L'émotion avait cueilli M. Bruyeras par surprise. Il laissa passer quelques secondes, puis se leva.

– Je te la donne, Pierre. J'ai toujours eu grande confiance en toi. Rappelle-toi !

On applaudit bruyamment.

– Je propose que nous allions tous à la messe de minuit, dit Pierre, même Antoine, bien emmitouflé dans ses couvertures.

La veillée se prolongea jusqu'à l'heure de la messe.

Quand ils entrèrent dans l'église, et qu'ils se dirigèrent non vers le fond, mais vers les places du devant, on entendit bien des murmures. Adrien Bruyeras n'allait pas à la messe dominicale, tout juste le voyait-on à quelques enterrements. Anselmine et son petit dans les bras ne passaient pas inaperçus. On se poussait du coude.

Lorsque le curé Antillac passa près d'eux, il leur adressa un sourire discret mais appuyé.

Pierre chercha du regard la statue de saint Antoine. Il vit la pierre posée à ses pieds, et la montra à Anselmine. Puis il ferma les yeux dans un recueillement absolu.

Pierre et Anselmine s'étaient rendus sur les lieux de cet immense chantier en compagnie du notaire. La surprise les suffoqua. Jamais ils n'avaient imaginé une telle splendeur. C'était une bâtisse du XIXe qui ouvrait sur un parc par un nombre affolant de fenêtres, avec un étage et des chiens assis.

– Jamais je n'y arriverai, répétait Pierre en se prenant la tête à deux mains.

Au fur et à mesure qu'il visitait, l'ampleur du travail lui donnait le tournis.

– Ma pauvre Anselmine, c'est une entreprise titanesque... Il faut renoncer...

La tristesse les anéantissait tous les deux.

– S'il n'y avait qu'une fenêtre à changer, intervint le notaire avec calme, ça vous poserait un problème ?

– Non, une fenêtre, ce n'est pas grand-chose.

– S'il n'y avait qu'une poutre à changer, ça vous poserait un problème ?

– Une poutre, non, ça peut se faire.

– Par conséquent, si vous prenez tous les travaux un à un, vous verrez que vous êtes capable de restaurer l'ensemble. Je vous ai bien dit qu'il y en avait pour plusieurs années, n'est-ce pas ?

– Tu pourrais demander conseil à ton ancien

patron, dit Anselmine, il t'expliquerait comment t'y prendre.

– Voilà un sage conseil. Paris ne s'est pas fait en un jour. Bien des entreprises aimeraient qu'on leur proposât un tel chantier.

– Donnez-nous encore quelques jours, je ne voudrais pas m'engager à la légère.

– Nous allons faire quelques pas dans la ville, vous avez aussi un logement à chercher.

Au retour, Pierre se rendit chez son ancien patron et lui expliqua son aventure, les plans sous le bras. Il lui promit de l'aide pour structurer le projet d'installation, ainsi que pour chiffrer les travaux, en lui recommandant de ne pas brûler les étapes.

Devenir artisan... son rêve pouvait enfin se réaliser, sa santé le lui permettait, à condition de ne pas s'enfermer dans un atelier poussiéreux.

Lorsque sa décision fut prise, les journées ne continrent plus assez d'heures. Il dut procéder à son inscription à la chambre des métiers, établir ses dossiers de financement de matériel, de logement.

Pierre Cassagnoux devenait un homme nouveau. La triste affaire était terminée, la justice avait rendu son verdict : la mort de Sylvestre était due à un accident. Marie-Louise s'était exilée dans les environs de Toulouse. Les Dabourial attendaient un repreneur et quitteraient à leur tour les Échappes.

On préparait le départ des Bastides mais aussi le

mariage, et le même jour on célèbrerait le baptême d'Antoine.

Pierre avait déniché un petit logement à Allanche. Les jeunes avaient demandé au curé d'Allanche l'autorisation de se marier dans cette nouvelle cité avec la bénédiction de l'abbé Antillac. Malgré le voyage, les Bruyeras et Mme Lesentier seraient présents.

Pierre voulait emmener sa Mamanie mais elle se refusait à quitter son village.

– Les jeunes avec les jeunes, disait-elle. Vous me laisserez le petit quand vous voudrez, il faut qu'il connaisse les Bastides et les Échappes. Promettez-moi une seule chose : ne me privez pas de mon arrière-petit-fils, mon petit Antoine !

En ce début de mai 1965, Pierre Cassagnoux épousa Anselmine Bruyeras en l'église Saint-Jean-Baptiste d'Allanche. L'abbé Antillac était présent. Pierre avait souhaité que la stalle d'un Frère Antonin fût particulièrement fleurie.

Suivit le baptême d'Antoine, qui venait d'avoir un an.

Après le repas servi au restaurant du quartier des terres vermeilles, Mme, M. Cassagnoux et leur fils se rendirent chez eux, enfin !

Ils remercièrent en pensée l'inconnu qui leur

avait procuré le droit de vivre et de travailler la tête haute.

Tout se mettait en place.

Pierre prenait de l'assurance, et son chantier s'organisait.

Comme prévu, une avance substantielle avait été versée sur son compte.

Sur les hautes terres des pâtures, les troupeaux s'installaient. L'estive, la transhumance, vivait une nouvelle fois.

Attirés par les buronniers, les Cassagnoux se promenaient dans les pâturages de printemps.

– Je t'emmènerai sur les traces de la commanderie, dit Pierre à sa femme, tu ne connais pas encore.

– Je voudrais revoir le Buron des Sources.

– Allons-y, mais je crois qu'il n'y a plus personne. On m'a dit que les terres étaient occupées par les bêtes des voisins, le buron ne sera pas habité.

– Ça doit être bien triste.

De loin, ils constatèrent que le buron était désert, livré à la solitude des pierres.

– Sur ces terres, j'ai pensé à toi chaque jour, et voilà qu'aujourd'hui, nous habitons tout près.

– Avec ton ami Alexandre, vous vous êtes raconté tellement de choses ! Tu me parlais si souvent des Antonins dans tes lettres.

– Je n'ai rien oublié, et surtout pas les Antonins,

grâce à Alexandre, Constantin et je ne sais plus la suite. Allons voir son buron, on nous dira peut-être quelque chose à son sujet.

– Tu ne crois pas qu'Antoine risque de prendre froid ? Il y a du vent.

– C'est un garçon des montagnes, il faut qu'il s'endurcisse, mon petit gars !

Ils rencontrèrent le boutillier qui avait bien connu Alexandre.

– Ça fait la deuxième année qu'il n'est plus avec nous. Il est parti en retraite, paraît-il.

– Vous ne sauriez pas où on pourrait le trouver ? Il a bien laissé une adresse ?

– Personne ne la connaît, même pas le patron.

En descendant sur Allanche, les cheveux ébouriffés par le vent, Pierre se laissa aller à la nostalgie.

– Je voudrais bien le retrouver cet Alexandre, il a changé ma vie.

– Anselmine ! s'écria Pierre. J'avais oublié de te dire... Un homme m'avait parlé d'un objet unique, d'une canne sculptée qu'on conservait comme un trésor. Elle proviendrait du dernier Antonin commandeur dans la région. Il faut que je la voie, que je la touche...

– Pierre..., dit-elle en riant, c'est urgent au point de me faire sursauter ?

– Bien sûr, ça peut attendre mais j'ai failli

l'oublier, avec tout ce travail que j'ai. Je commence à m'organiser sérieusement, mais je souhaiterais que le propriétaire voie ce que je fais, ça m'encouragerait, son absence me pèse.

– Qui te prouve qu'il ne suit pas ton travail ? Tu devrais questionner le notaire !

– Je suis un peu gêné de lui demander. J'ai tous les fonds dont j'ai besoin, il ne me manque rien, je devrais en être heureux. Et d'autres gens sont venus pour me proposer des travaux.

– Viens donc près de moi, Pierre, j'ai deux choses à te dire !

Il déposa ses outils et s'approcha d'Anselmine.

– Tout d'abord, on m'a proposé du travail en couture, j'ai des commandes de vêtements, déjà trois robes !

– Tout se sait bien vite. Et la deuxième chose ?

Elle lui prit la main et la posa sur son ventre.

– Antoine ne restera pas seul, je crois...

– Nous sommes les plus heureux de la terre, dit-il en l'embrassant follement. Dimanche, nous irons pique-niquer à la cascade des Vérines, tu veux bien, Anselmine ?

– Tu ne peux pas t'empêcher de monter là-haut, n'est-ce pas ?

– Quand j'aime, dit-il en la serrant contre lui, je suis insatiable.

# 12

Le bonheur des Cassagnoux reposait sur un mystère, et cette page qui manquait à leur livre les tracassait.

Lors d'une rencontre avec le notaire, Pierre insista une nouvelle fois pour connaître l'identité du propriétaire.

– Il demeure convenu que je ne dois pas vous révéler son nom. Je peux vous dire qu'il est satisfait des travaux réalisés.

Pierre était déçu. Le notaire, qui sans doute l'estimait, lui donnait tout de même quelques précisions, du bout des lèvres.

– Cet homme était médecin et chercheur, de renommée internationale. Son laboratoire de recherche était sur le point de mettre au point une médication nouvelle et fort attendue. Puis son associé s'est emparé de ses découvertes et les a publiées sous son nom, en emportant une partie de ses travaux. De plus, comme si cela ne lui suffisait pas, il a emmené aussi sa femme. Alors sa vie a totalement basculé.

– La justice n'a rien fait ?

– Je n'en sais pas plus.

– Et depuis, que fait-il ?

– Totalement retiré de la recherche, et j'allais dire de sa vie professionnelle, il a vécu comme un pauvre diable.

– Sans argent, après avoir été un grand chercheur ?

– Notre personnage n'est pas sans moyens, croyez-moi, mais l'argent ne l'intéresse pas, le monde non plus d'ailleurs.

– Tout ça ne me dit pas pourquoi vous êtes venu aux Bastides pour me rencontrer et me proposer les travaux, à moi, Pierre Cassagnoux !

– Si un jour vous gagnez le gros lot à la Loterie nationale, essaierez-vous de savoir pourquoi ?

– Vous n'êtes pas convaincant, maître.

Juillet apportait ses premiers vacanciers.

Anselmine s'arrondissait, Pierre ne prenait pas un gramme. Il avait dû s'adjoindre une équipe d'ouvriers pour changer la toiture, et les couvreurs montraient un savoir-faire exceptionnel. Chaque entreprise de couverture marque son toit d'un signe particulier, d'un dessin dans la pose des ardoises. Celui-là prenait la forme d'une colombe !

Le propriétaire ne s'était pas encore montré.

– Il me fera tourner en bourrique, disait Pierre. Pourquoi se cache-t-il ? Tu n'aurais pas remarqué un personnage bizarre ces derniers temps ? Je ne sais plus quoi penser !

– Attends un peu, dit-elle en réfléchissant. C'est curieux, ce que tu me demandes. Ce matin, vers la place du foirail, j'ai aperçu un homme dont le visage m'était familier. Mais impossible de me souvenir où je l'avais vu et... Oh, mon Dieu, je me souviens ! c'était à l'hôpital ! Il est entré dans ta chambre, il t'a touché la main, et au moment de ressortir il m'a dit : Vous êtes Anselmine, n'est-ce pas ? C'est lui ! J'en suis sûre ! C'est l'homme de l'hôpital ! Les cheveux gris, élégant, oui, c'est lui !

– Tu ne m'as jamais dit ça, murmura Pierre, interdit.

– Je l'avais complètement oublié. Mamanie et moi, on a pensé que c'était un médecin. C'est ce matin, en revoyant son visage...

– Alexandre ? Ce serait Alexandre ? Non, il avait les cheveux longs et une barbe en broussaille, on aurait dit un père Noël, et puis il avait des mains de paysans.

– Rien de plus facile que de se raser la barbe, de se faire couper les cheveux. Quant aux mains, s'il était pâtre depuis dix ans...

Des coups discrets, frappés contre la porte, les interrompirent.

– Tiens, justement le voilà ! plaisanta Pierre.

– Va donc ouvrir au lieu de dire des bêtises !

Et là, la stupeur le figea.

Sur le seuil, un couple, les yeux baissés, attendait.

Pierre glissa un regard vers Anselmine qui s'avançait. Elle comprit le désarroi de son mari.

Mme et M. Dabourial. Cornélius ôta son chapeau. Anselmine murmura :

– Entrez donc, je vous en prie.

Dabourial acquiesça, prit son épouse par le bras. Tous deux entrèrent lentement dans la maison des Cassagnoux.

– Bonjour à tous les deux, dit-il d'une voix méconnaissable.

– Bonjour, ajouta son épouse. Merci de nous avoir ouvert votre porte.

Anselmine leur proposa une chaise. Ils ne s'étaient pas revus depuis deux années. Que voulaient-ils ? Que venaient-ils faire ?

Dabourial se décida :

– Il fallait qu'on vienne vous voir. Les jours passent, la vie s'en va, et mon épouse et moi, on voulait vous dire...

Il hésitait, cherchait ses mots.

– On ne se remettra pas du malheur, mais notre chagrin nous a aveuglés.

Mme Dabourial essuyait des larmes qu'elle ne pouvait retenir.

– Je n'ai pas été correct avec toi, Pierre, je ne sais pas comment te le dire.

– Nous avons tous été tellement malheureux, dit Pierre. J'ignore ce que j'aurais fait à votre place.

– Voulez-vous un café, madame Dabourial ? demanda Anselmine.

A cet instant, Mme Dabourial leva les yeux vers la jeune femme, des yeux qui ne comprenaient pas.

– Non, merci, Anselmine, tu es très gentille.

Antoine déboula à ce moment-là, du haut de ses quatorze mois instables.

– Doucement, Antoine, doucement, lui dit son père.

Cornélius Dabourial regarda l'enfant soudain immobile, sur sa réserve.

– Tu as un beau petit ! N'est-ce pas qu'il est beau ? dit-il en se retournant vers son épouse.

Elle acquiesça.

Dabourial malmenait son chapeau.

– Nous avons poussé jusqu'au buron. Il n'y a plus personne là-haut. J'aimais tant ces estives, c'était ma vie. Maintenant on vivote comme des vieux, avec Martinien. Je ne sais pas ce que je vais faire.

Pierre n'osait pas lui demander des nouvelles de ses filles.

– On va vous laisser, décida Mme Dabourial en se levant.

– Tu as été un bon pâtre, et je ne t'avais pas payé la saison entière comme je le devais. Voilà le reste, nous sommes quittes, dit Dabourial en lui remettant une enveloppe.

Pierre hésita, puis accepta.

– Nous ne nous reverrons peut-être pas. Nous sommes venus vous demander pardon pour le mal qu'on vous a fait. Être en paix avec sa conscience, c'est quelque chose de très important !

– Merci à tous les deux, dit Pierre.

Pendant ce temps, Antoine jouait avec les mains de Mme Dabourial, qui laissait faire.

– Vous avez le bonjour du curé Antillac, j'allais oublier.

Ils se levèrent pour prendre congé. Pierre prit la main de Cornélius et la serra. Anselmine embrassa longuement sa femme.

Puis le vieux couple s'éloigna, disparut, laissant les jeunes gens abasourdis, mais allégés d'un poids qu'ils ne pourraient jamais mesurer.

– Bonjour. Je suis content de vous revoir.

Pierre sourit, sans reconnaître l'homme qui l'accostait.

– Nous nous sommes rencontrés dans le café, là-bas, et nous avions bavardé au sujet d'une canne bien spéciale, celle d'un Antonin.

Pierre l'observa avec attention, puis :

– Je me souviens en effet, excusez-moi.

– Ce n'est rien.

L'homme lui souriait amicalement.

– Alors vous êtes venu vous installer chez nous. J'ai été bien surpris d'apprendre que vous étiez menuisier. Et pourtant vous étiez pâtre au buron des Sources ?

– En effet, ça peut surprendre !

– Décidément, ces estives nous auront réservé des surprises, et même un médecin comme berger ! Qui l'aurait cru ?

– De qui parlez-vous ?

– D'Alexandre, vous ne le saviez pas ?

– Alexandre ? Mon voisin et ami ?

– Oui, le barbu à la cape !

Pierre tenait enfin son homme. Il dut maîtriser sa jubilation.

– Je peux vous offrir un verre au café ? demanda-t-il, bien décidé à ne plus le lâcher.

Au fur et à mesure de la conversation, Pierre faisait le lien avec l'inconnu pour qui il travaillait.

Ainsi, Alexandre avait rejoint, dix années durant, le clan des petits, des sans-grades dans l'anonymat absolu. Dix années sans se trahir...

Pierre sentait grandir en lui une émotion étrange.

– Peut-être n'aurais-je pas dû vous raconter cela, s'excusa l'homme. Vous semblez troublé.

– Alexandre ne m'avait jamais parlé de son passé, je n'arrive pas à y croire !

– Il paraît même que c'était quelqu'un...

Pierre acquiesçait, d'un geste réflexe. Le puzzle

se mettait en place : Alexandre et le propriétaire de la maison à restaurer ne faisaient qu'un !

– Vous ne l'auriez pas rencontré ces jours-ci ?

– Pas depuis deux ans, il a été remplacé.

– Merci, monsieur.

– Et cette canne, l'avez-vous vue ?

Pierre n'écoutait plus, sa pensée se perdait à la recherche d'une silhouette qui s'éloignait dans la brume, cape claquant au vent.

Dorénavant, il savait à qui il devait sa vie. A qui appartenait la main qui l'avait sauvé du gouffre.

Pierre et Anselmine, main dans la main, marchaient sur les terres des Fouillades, le toit du Cantal. Le petit Antoine courait devant eux, avec de petits cris ravis.

Anselmine observait son mari.

– Tu es bien silencieux, mon chéri. C'est de savoir qu'Alexandre est le propriétaire de la maison ?

– C'est de ne pas pouvoir le remercier. Il m'a ramené à la vie. Il m'a offert la possibilité de t'aimer, de construire avec toi. Quel prix peut avoir un tel acte ? Quand je revois mon parcours, il est clair qu'Alexandre a été une charnière. Il y a sans doute un chemin tracé pour chacun, et une rencontre qui change votre destin, comme Alexandre. Et puis je sais maintenant qu'il fuyait une trahison, avec ce que ça suppose de souffrance, et c'est lui qui nous a aidés.

– C'est vrai, nous sommes là grâce à lui. Il nous a permis de gommer le passé.

– Il était seul, blessé, et je ne lui ai rien donné, je ne lui ai rien apporté.

– Ça, tu l'ignores. Il a trouvé quelque chose en toi, comme tu l'as trouvé en lui. Il t'aimait certainement, je sais ce que c'est...

Elle se blottit contre lui, et ils marchèrent d'un même corps, leurs regards enveloppant l'enfant qui les appelait. Au fond, la vallée d'Émeraude tapissait le lointain.

– Anselmine, je voudrais acheter des livres. Il m'avait conseillé, et j'ai besoin de connaître tout ce qui concerne les Hospitaliers de Saint-Antoine, l'ordre de Saint-Jean de Jérusalem, l'ordre de Malte, etc.

– Tu veux devenir savant ?

Sa voix s'était faite complice.

– En son nom. J'ai l'intuition que je ne le reverrai jamais.

– Et cette histoire de canne ? glissa Anselmine. Peut-être que derrière ça, il y a un message, une piste. Va voir cette canne, mon chéri.

– Bien sûr, j'irai. Tiens, lança-t-il en haussant les épaules, je suis même sûr qu'il ne s'appelait pas Alexandre Constantin de la Lande Saint-Viance...

Il s'immobilisa tout à coup, surpris par ce tour de mémoire.

– Moi qui croyais avoir oublié son nom !

– Cet homme, dit Anselmine, je ne l'ai jamais vu et pourtant j'ai l'impression de le connaître, comme s'il était de notre famille.

– A propos de famille, j'aimerais que Mamanie vienne passer quelques jours avec nous, le temps passe, qu'en dis-tu ?

– Moi aussi, je voudrais que mes parents viennent, mais ce sera après l'estive, tu sais ce que c'est !

Le petit Antoine s'était assis dans l'herbe, et tentait de saisir un papillon.

Pierre caressa la main de sa femme, et promena un regard autour de lui, avec un sourire grave.

– Il nous manquera toujours quelqu'un. A propos de manquer, ajouta-t-il avec entrain, j'ai besoin d'un manœuvre, je n'y arrive plus.

– C'est une bonne nouvelle. Tu penses à qui ?

– Oh, à un jeune à qui personne jamais ne proposera le moindre travail. S'il accepte, j'en serai heureux et toi aussi.

– Ne me fais pas languir...

– Félix Chaval, notre Félix des Bastides. Il mérite bien que nous fassions quelque chose pour lui, non ?

– Très bonne idée ! Il ne reste plus qu'à le faire venir à Allanche. Dans la vallée d'Émeraude.

– Je m'en charge...

Ses lèvres effleurèrent la chevelure de sa femme, à la recherche du goût, du parfum de forêt qu'il aimait tant. Et il songea : « Tant que mon âme se nourrira de ce parfum-là... »

## DU MÊME AUTEUR

*Aux Éditions Albin Michel*

LA NOISETIÈRE, 1998.

LE MOULIN DES RÊVES, 2000.

L'ENFANCE INACHEVÉE, 2001.

*Aux Éditions De Borée*

LE SOLEIL DE MONÉDIÈRE, 1994.

LA DERNIÈRE ESTIVE, 1997.

*Cet ouvrage a été composé par*
*I.G.S. – Charente Photogravure*
*à L'Isle-d'Espagnac*
*et achevé d'imprimer sur Roto-Page*
*par l'Imprimerie Floch à Mayenne,*
*pour les Éditions Albin Michel*
*en mai 2003.*

*N° d'édition : 21660. N° d'impression : 57275.*
*Dépôt légal : juin 2003.*
*Imprimé en France.*